登場人物
characters
ウェイン
ユーネ
リルエッタ
チッカ
シェイア
キリ

駆ける。
駆ける。
駆ける。
頬を小枝が打つのもかまわず、
身を低くして
獣のように疾駆する。
イボのある鷲鼻。浮いた頬骨。
黄ばんだ乱杭歯。
醜い顔をした緑肌の魔物。
口角を吊り上げ、
弱者を嘲るように見下ろすその目は、
まごうことなく
わたしへ向けられていた。
「助けて——」

冒険者ギルドが十二歳からしか入れなかったので、サバよみました。

02

目次

Story by KAME
Illustration by ox

――これは、もっと後になってから知ったことだけれど。

魔術における呪文とは、神様がかつて使用した言葉の再現、または模倣、あるいはそれをバラバラにして解析し再構築したものなのだそうだ。

神様は言葉によってコトワリを定め、魔法によって世界を創った。魔術とはそのときのマネっこをして、いろんなところに満ちる魔力というものを世界の法則にのっとり操ってなんかいい感じにどうにかする技術……なんだって。

つまり、なにが言いたいのかというと。

この世界は魔法によって創られた。そして、魔術で使われるのは創世に使用された言葉であり、力だ。

だから。

魔術という力は当然……世界を壊す可能性すら持つのである。


地面に二重の円が描かれる。円と円の間に術式が書かれる。

緑深き山の頂上近く。艶のあるチェリーレッドの髪を春風になびかせた小さな少女は、自らが描いた魔術陣の前に立ち、その中心へ節くれ立った樫(かし)の枝を立たせる。右手の中指の先を添えるようにして支えた。

形のいい唇から呪文が紡がれる。風に乗って木々の合間へ溶けていく。意味は分からないけれど、高くて涼やかで、どこか芯の強さを感じさせる声。

まるで誇り高い炎のようだ、と呆けるように見とれて、その間に呪文が完成して。

魔術が、発動する。

パタンと樫の木の枝が倒れた。

ピカッと光ったりとか、ドカンッて音がしたりとか、ビリビリと圧みたいなものを感じたりとか、そういうのは一切なくて。

少女はそれを見て一つ頷いて、枝が倒れた方向を指さす。

「あっちね」

探査の魔術。

探し物の方角が分かるという、簡単な魔術のうちの一つであるらしい、ただ棒を倒しただけのようにしか見えなかったそれは、たしかに魔術であった。

——だからこそ、もしかしたら僕でも使えるのではないか、と思ったのだ。

第一章

元気のいい新人、現る

危険な仕事の多い冒険者は、とかく顔ぶれの入れ替わりが激しいらしい。

再起不能の怪我(けが)をして店を去る者。心の内の恐怖に負けて冒険に出られなくなる者。こんな仕事やってられっかと他の職を探す者。単純に、死んだ者。

理由は様々だが、知ってる顔がいなくなる、というのはよくあることなのだそうだ。

それでもムジナ爺さんがいなくなったのは、普段は騒がしい店の面々を数日間しんみりさせるくらいには特別だったようだ。誰も黒い飾りをつけていなくても、店内は喪に服すように湿っぽい雰囲気が漂っていた。

けれど、冒険者たちの日常は回る。

そう――いなくなる者がいれば、新たにやってくる者もいるのだ。

I cheated my age because the Adventurer's Guild only allowed entry from twelve.

冒険者は誰にでもなれる職業だ。なにせ僕でもなれたくらいなのだから、もう本当になろうとさえ思えば誰でもなれる。

まだムジナ爺さんが亡くなったばかりで店の中の空気が暗い頃。

いつもよりちょっとだけ静かな店の中へ、小さな嵐のような新人がやってきたのだ。

「つーわけで、これ巻いとけ」
月の明るい夜。夕食後に冒険者の店の裏手へ呼び出された僕に、一房だけ白色の交じる濃い茶色の髪の戦士はなんの説明もなくそれを差し出してきた。
どういうわけなのかさっぱり分からなかったけれど、あまりに自然に渡されたので、よく確認もせずに受け取ってしまう。——たぶんそれが失敗だった。
それは布にくるまれたなにかだった。持ってみるとなかなか重みがあって、中に硬いものが入っている。

なんだろ、と首を傾げながら布を剥いてみると、厚みのある鉄の板が出てきた。長方形で少し曲がっていて、表面は光が反射しないようくすませてある。そしてよく見てみたら、包んであった布に縫い付けられて一体化しているようだ。

「えっと……これなに？」

「鉢金」

僕が聞くと、ウェインはあっさり答えてくれる。なるほど、はちがね。

「はちがねってなに？」

「あー、そっかそっか」

初めて聞いたのでもう一度聞くと、戦士は困ったような顔をして腕を組んだ。

ふむ、と頷く間だけ考えて、説明してくれる。

「鉢金は額に巻く防具だな。ないよりはマシって程度だが、そいつで命を拾うこともある。安いもんだしお前にくれてやるよ」

説明されてやっと理解した。つまり兜の代わりだ。……もっとも、兜よりかなり防具としての性能は低そうに見える。

なにせただの鉄板だから額以外は守れない。顔は剥き出しだし、頭は上も横も後ろも無防備だ。本当にないよりはマシ、って感じでちょっと頼りない。

とはいえ……この前のゴブリン戦で防具の重要さを痛感したばかりである。あれから武具屋には行きはしたけれど、残念ながら新しい鎧と兜は値段が高くて手が出なかった。

なので防具はまだチッカからもらったハーフリング用の革鎧しか持っていないし、これでもありがたいことはありがたい。初めての頭の防具だ。

言われたとおりに着けてみる。鉄板の部分を額に当てて巻いて、後ろで縛る。後ろ手に縛るのが苦手なので少し苦労したけれど、なんとか上手くできた。

着けた状態で首を回してみる。……あれ？　思ってたよりもいいな。鉄板は厚いけど額だけだからそこまで重くないし、視界を邪魔しない。最初は頼りないと思ったけれど、これはこれで悪くない気もしてくる。

「よし着けたな。じゃあこれ持て」

そうやってさらに渡されたのは木の棒だった。たぶんだけど建材用で、僕の槍と同じくらいの太さと長さの、四角い材木。

「んで、俺は……んー、これでいいや」

ウェインは近くにあった植え込みの樹に近寄って、その枝を折る。

短くて細い木の枝。ウェインが握り込んだら、僕の人差し指くらいの長さしか出ないほど。

それを明るい月の光に晒し、ウェインはピコピコと振ってみせる。

「初陣だから仕方ないとはいえ、ゴブリン戦はちょいとお粗末だったからな。これからガキんちょに、戦い方ってヤツを教えてやるよ」

「……戦い方？」

「おう。いわゆる模擬戦ってヤツだ」

模擬戦。つまりウェインと戦うってことだろう。それくらいは分かる。

……べつに頼んだ覚えはない。でも、せっかくウェインの気が向いたのだから断るのももったいない。正直戦いは恐いけれど、もしまた危険な魔物と遭遇してしまったときのため、教わっておいた方がいいに決まっている。

——ただ、僕は槍と同じ長さの棒で、向こうは木の枝っていいのだろうか。あんなのじゃ攻撃を受けることもできないと思うのだけれど。

「もちろんハンデはつけてやるぜ。ガキんちょはその棒をどこでも俺に当てれば勝ちだが、俺はガキんちょの鉢金しか狙わない。そうだな、この枝が折れるくらいの強さでその鉢金を叩いたら、俺の勝ちってことにするか。そしたら今日は終わりだ」

……なんかさらにこっちが有利になった。

もちろんウェインは戦士として強いのだろう。大人だから当然だけど身体も子供の僕より大きいし、腕も長い。

けれどさすがに棒があれば、僕の方がだいぶんリーチは長かった。当てれば良いのだから射程が長ければかなり有利に違いない。それに額しか狙わないのならそこだけ注意して、危ないと思ったら避ければいいのではないか。

負けるとは思えなくて、ちょっとムッとした。たぶんこれは、僕が子供だと思ってバカにしているのだ。

その証拠のように、ウェインは月明かりの下でへらりと笑っていた。これくらい条件をつけてもまだまだ余裕だと言わんばかりに、こちらを見下ろしてくる。

僕だって一応、ゴブリンを倒したのに。そりゃシェイアの魔術で援護もしてもらったけれど、チッカの鎧がなければ危なかったけれど、それでも戦って勝ったのに。

「…………」

ぐるん、と右肩を回す。

ゴブリンが振り下ろした短剣は鎧の肩当てで止まり、痣とともに肩の打撲になった。……でもそれも軽いものでしかなくて、昨日までも痛かったけれど問題なく動かせたし、今はその痛みも引いている。

大丈夫。いける。

「分かった。当てればいいんだね？」

「ああ、いつでもかかってこい」

どうやら始まりの合図もいらないみたいで、僕は棒を構える。槍のように。

じり、と距離を詰めた。狙うは相手の腹の辺り。身体の中心の、一番避けにくい場所だ。

当てるだけでいいのなら力はいらない。素早さだけでいい。

「やっ！」

棒の先端が届くギリギリの距離から槍を繰り出す。踏み込みは最小限に、力まないよう注意して、避けられたらすぐに対応できるように——

「せい」

「あうっ！」

避けるのと同時に踏み込まれ、当たらないのと避けられないのを同時に悟った。

握られた枝の先端が迫ってくるのが見えて、ギュッと目をつむる。額にけっこうな衝撃があって、たまらず尻餅をついてしまう。

「間合いギリギリから腹へ突きなー。悪くないが、じーっと腹ばっか見やがるから狙いが分かりやすすぎる。来るって分かってりゃ反撃も楽だわな」

「……くそぅ」

言われて赤面してしまう。そして、悔しさがこみ上げる。

たしかにその通りなのだけれど、それだけでここまで鮮やかに反撃されるなんて思わなかった。

ウェインはやっぱり強い。

子供扱いは妥当だった。こんなにあっさりやられてしまうし、手加減までされているのだから。

……鉢金はしっかり額を守ってくれたから、痛みがないことだけが救いだ。お尻の方が痛いくらい。

「それはそうと、さっき目つむったろ？」

「え？　うん」

確認するように問われて、僕は頷いた。たしかに目はつむった。恐かったし。

「そいつはダメだな。これからはやられるときも目は開けとけ」

………えっと。

あまりにあっさり言われたけれど、たとえあんな小枝であっても尖ったものが目の前に迫ったなら、誰だって目はつむってしまうのではないか。

額の鉢金しか狙われないと分かっていても恐いものは恐い。ウェインの手元が狂う可能性だってあるのだし。

「いいか。戦ってるときに目ぇ閉じても、いいことなんか一個もねぇんだ。もうやられる、避けられないってなったときでも、目さえ開けとけばなにかあったときに対応できるだろ？」

「なにかって、なに？」

「仲間が援護してくれて敵の攻撃が逸れたとか」

「僕、ソロなんだけど」

ソロって言葉は、町に来て初めて知ったものだ。パーティを組まずに一人で仕事する冒険者のことらしい。

前のゴブリン討伐のときはウェイン、シェイア、チッカの三人とパーティを組んだけれど、あれはあくまで臨時のものでしかない。薬草採取しかできない僕は彼らの冒険についていけないので、あの臨時パーティはもう解散している。

　つまり、今の僕はソロの冒険者だった。

「相手が小石につまずいて転んだとか、壁に武器をぶつけたとか、そういうことだってあるんだよ。戦いのときは特にそういうことが起きやすい。だが、そんなときに目をつむってちゃ、せっかくのチャンスをフイにしちまうわけだ。もったいないだろ？」

「まあ……それはそうだけれど。でも目の前に武器が迫ってるのに目を開け続けるって、無理じゃない？」

「無理じゃねぇよ。俺はできるし、前衛ならみんなやってることだ」

　断言されて、はぁー、と感心してしまう。ウェインだけじゃなく、戦士職の人たちもみんな、そんなにすごいことをやっているのか。それじゃあ僕に前衛は無理なのではないか。

「まあ普通の素人ならできないもんだし、俺だって最初はできなかったけどな。今のガキんちょができなくってても仕方がねぇっちゃ仕方がねぇ」

「そうなの？」

「ああ、だからこの鉢金ぶっ叩き訓練だ」

　もっといい呼び方はなかったのだろうか。

「目に近い額を的にして何度も何度も何度も何度も何度も何度も何度も何度もぶっ叩く。それを繰り返せば、そのうち攻撃の恐怖にも慣れてくるからな。ほれ、続きやるぞ」

……………………。

あれ？　これもしかしてすごくキツいやつ？

戦い方を教えてくれる、って言ってたけれど、頭じゃなくて身体に教え込まされるやつ？

「……いや、さっき枝が折れたら終わりって言ってなかった？」

「折れてねぇし」

見れば、ウェインの持っている小枝はたしかに折れてない。

……なんでだ。尻餅つくほどの力で叩かれたのに折れないってどういうことだ。あんな小枝、折らないで叩く方が難しいのではないか。

たぶん枝を折らないよう、手加減しつつ鉢金を押すように突いたのだろう。さっきの攻撃にはそれだけの余裕まであったのだ。

僕とウェインの間には、そこまでの力の差があった——と、そう理解するのと同時に、これ勝つの無理じゃないかな？　と察する。長い棒があって、こっちはどこに当ててもよくて、向こうは鉢金しか狙わないという条件付きでもなお、まったく勝てる気がしない。

そしてそれは正しかった。

「おら、さっさと立てガキんちょ！」

「狙うとこばっか見るな！　もっと相手の全体を見て隙を探せ！」

「タイミングが分かりやすすぎるんだよ！　それじゃ反撃してくださいって言ってるようなもんだ

ぞ！」

「目ぇつむんなって言ってるだろ！　目ん玉抉られても開けとけ！」

「槍の振りが鈍い！　動きながらだからって腕だけで扱ってんじゃねぇ！」

「逃げんな！　まだ枝は折れてねぇぞ！」

——結局、僕の体力が切れて倒れるまで、ウェインの小枝が折れることはなかったのだから。

「う……」
馬房の窓から入ってくる朝日で目を覚ます。一晩眠っても、昨日の疲れはとれきっていなかった。倒れるまで動いたのだから当然だ。
あんまり動きたくなくって、ゆっくりとした動きで額に手を当てる。鉢金っていう額当ての上からだったけれど、何度も殴られたおかげで触るとヒリヒリ痛い。
昨夜はいったいどこで力尽きたんだろう。イマイチ最後の方の記憶が曖昧だ。ただ、かなり酷い目にあったのは覚えている。

僕に有利な条件の模擬戦という形で始まったあの訓練は、本当は打たれながら目を開け続ける訓練だった。つまり延々と殴られ続けるのだ。たまったものではない。

戦士って大変だ。前衛って大変だ。あんなのどうしたってビクッてして目を閉じてしまう。

「どうやって戻ってきたんだろ」

厩に戻ってきた記憶すらなくて、はぁ、とため息を吐く。疲れていたし、身体のあちこちの筋肉が痛かったけれど、朝が来たのなら起きなければならない。

早起きは村にいた頃からの習慣だ。起きてすぐ水を汲みに行くのが、僕の毎日の仕事だった。

身体を起こす。疲れてはいるけれど、額がヒリヒリする以外に痛む箇所はない。立ち上がって小さく伸びをしてから、チッカにもらった革鎧を持ち上げて首を通した。

簡単にズレないよう、脇腹のところにある革紐をキツめに縛っておく。鎧にもかなり慣れてきたから、寝起きで頭の働いていない状態でもちゃんと身につけることができた。

穂先に革袋を被せてある槍を拾って、背負う。さらに薬草採取のためのカゴを背負った。

「……むぅ」

いつもならこれで準備は終わりだけれど、今日はもう一つあった。

僕は少し躊躇してから、寝藁の上に放り出してあった鉢金を手に取る。軽く藁のくずを払って額に巻いて、後ろ手に縛るのを二回ほど失敗してから、三回目で成功する。軽く頭を振ってみて調子を確かめる。

まあ、悪くない。昨夜叩かれまくった額が痛まないか心配だったけれど、大丈夫。

「行ってきます」

隣の馬房に挨拶したけれど、図太い馬はいつものごとくまだ寝ていた。

前にヒシク草を食べられてから、お隣さんのこの馬をこっそりヒシクと呼んでいる。

冒険者の店に入ると、ザワザワしているように感じた。大きな声がしているところがあって、その周囲を野次馬が囲んでいる。
今日はいつもと違うな……と思って、いや、いつもはこんなものだったかと考え直す。最近、一番の古株の冒険者――ムジナ爺さんが亡くなったせいか少ししんみりしていただけで、この場所は騒がしいのが通常だ。
視線を巡らせると、受付と食事処の間くらいで誰かが口論しているのが見えた。三人いて、そのうち一人は知った顔である。
「ウェインと……誰だろ？」

一人は昨日、戦闘訓練をしてくれた戦士。そして残りの二人は初めて見る顔だった。

白くてダボッとした服と大きな帽子が印象的な人と、上質そうで春らしく涼やかな服を着た小さい人。小さい人はハーフリングかとも思ったけれど耳が尖ってないから、たぶん両方とも人間の女性。

「なんで見ず知らずの貴方(あなた)にそんなこと言われないといけないのよ！」

小さい人――僕よりほんの少しだけ背が高いだけの女の子が、ウェインにくってかかっている。もう一人の大きな帽子の女の子は後ろでアワアワしているだけのようだ。

……なんだか、炎のような子だな、と思った。チェリーレッドというのだろうか、ウェーブのかかった目を奪われるほど鮮やかで綺麗(きれい)な髪が、彼女の動きに合わせて揺れる。強い意志を宿した翡翠(ひすい)色の瞳がやけに印象的だった。

「いや、そりゃ言うだろ……やめとけって。悪いこと言わねぇからよ」

対するウェインは困り顔だ。辟易(へきえき)した声が届いてくる。

まあ、ぱっと見でだいたいの状況は分かった。

あれはきっと、なにかウェインが余計なことを言ったんだろう。それで怒ったあの子が大きな声を出している。……そんな感じだと察して、僕はふむと顎に手を当てて考える。

そして――。

「すみません。オートミールと湯冷ましの水ください」

騒がしい場所を大きく迂回(うかい)して、食事処のお姉さんに朝食を注文した。

冒険者の店に来て日の浅い僕でも、あれくらいの騒ぎは何度か見ている。取り立てて珍しいことでもないし、周りの人だって面白がって眺めているだけなのだから、わざわざ関わる理由なんてない。下手に割って入ろうものなら出発が遅れるだけだろう。

ウェインはたぶん自業自得だろうし。

朝食はすぐに出てきて、お礼を言って器とコップを受け取る。

店内を見回すと知った顔が二人いて、彼女たちの座っているテーブルの椅子がまだ余っていた。

「おはよう、二人とも。ここ座っていい？」

「おはよーチビ。座りなよ」

「どうぞ」

ハーフリングで赤い髪とタンポポ色の瞳の斥候チッカと、青みがかった銀色の髪の魔術士シェイア。

以前一緒にゴブリン討伐へ行ってくれたこの二人とウェインは、あれから毎朝この店で顔合わせしてだらだらした後、依頼も請けずに解散するという謎行動をとっている。

聞けば、前に請けた下水道の仕事でけっこうなお金が入ったから、今はお休みしているのだそうだ。

「そうだチビ、今日一緒に釣り行かない？　いい穴場見つけてさー」

「ごめん、採取行きたい」

「真面目ぇ……」

だらぁ、とテーブルに突っ伏して、雑に皮を剥いた果物を口に入れるチッカ。

だってお金ないし。魚を釣れば食べられるし、たくさん釣れば売ることもできるらしいけれど、さすがに普通に薬草採取に行った方が稼げるだろう。

——それに、探したいものもある。

「真面目なのはいいこと」

シェイアが焼き魚を食べながらそうコメントする。彼女はいつも言葉が少ない。なんでもすごく面倒くさがりだそうで、話すことも面倒くさいから最低限の言葉しか口にしないそうだ。

最初は戸惑ったけれど特に嫌われているとかでもないし、必要なことはちゃんと伝えてくれる。今みたいに気が向いたらなんでもないことでも話してくれるから、あまり気にしないことにした。

たまに言葉が足りなくて困ることはあるけど。

「そういえば、シェイアは冒険者のランク上がるんだってね。おめでとう」

「ありがとう」

「ウェインも上がるって聞いたよ。チッカは？」

「元々Cランクだからね。まだBランクには足りないよ」

たしかウェインがC、シェイアがDに上がるはずだ。三人でギルドクエストを何度かやって評価が一定以上に達したから、今はギルドに昇格の申請中らしい。

そして、僕は。

「チビはまだ証(あかし)なしでしょ？　頑張りな」

「うん。そうする」

いまだFランク。

Eランクはある程度の貢献とゴブリンくらいの魔物の討伐依頼達成が条件だ。けれど僕はまだ登録して日が浅いのと、前の冒険では一緒にいた三人に頼り切りだったからって理由で昇格できなかった。

まあ……そもそもランクが上がったところで、僕にできるのは薬草採取くらいだから特に惜しくないのだけれど。

「気に入らないわ、気に入らない！　ちょっと身体が大きいからって偉っそうに！」

怒りを含んだ声が聞こえてくる。声の方を振り向けば、まださっきの女の子とウェインがなにか言い合っていた。

「……あれってなにがあったの？」

「なんか、依頼持って来たお客さんだと思って案内しようとしたら、ギルド入会希望だったみたい」

さすがに気になって聞くと、答えてくれたチッカが果物のヘタを口に入れて舌だけで結んで出した。すごいけれどなんの役にもたちそうにない技だ。今度やってみよう。

「余計な忠告したようね」

シェイアが補足してくれる。なるほどダメそうだ。

チラチラと聞こえてくる声からするに、たぶんあんなに小さい女の子だから心配して、冒険者なんてなるのはやめとけ、とか言ったんだろう。冒険者の仕事って危険だし、まあ分かる。

ただ、それがあの女の子には癪に障ったらしい。さっきから人目を憚らない大きな声でずっとウェインに突っかかっている。

「あんな小さい子でも冒険者になりたがるんだね」

騒ぎを横目で見ながら、オートミールを口に運ぶ。パンより安くてお腹が膨れるから、最近のお気に入りだ。

「それ、あんたが言う？」

「あなたの方が小さい」

呆れた声でチッカとシェイアの二人にそう言われ、むぅ、と唸る。それはそうなのだけれど。

ただ僕とあの二人は、たぶん全然違うと思う。

「あの二人、綺麗な服着てるし。お金に困ってなさそうじゃない？」

「そう見えるね。だからウェインも止めたんでしょ」

チッカが頷いて、ちびりと水を飲んだ。そして。

「あの二人は向いてないよ。見るからに」

そう、興味なさそうに付け加える。

――向いてない。熟練の冒険者であれば、才能のあるなしは見ただけで分かってしまうものなのだろうか。ウェインもそれが分かったから余計な忠告をしてしまったのか。

改めて僕が渦中の二人を見ても、向いているかどうかなんて分からないのだけれど。

「…………あれ？」

なんだか引っかかって、眉根を寄せる。

熟練の冒険者なら向いているかどうか分かると言うのなら……僕は？

ここに来た日から今まで、誰にも止められた記憶ないんだけれど。

「事情は人それぞれ」

そうだね、事情はそれぞれだ。シェイアは魔術の修行から逃げるために冒険者をやっているとの噂(うわさ)である。

「冒険者は自由。放っておけばいい」

言いたいことは、なんとなく分かった。

彼女たちがどれだけ向いていなかろうと、冒険者になろうとするのであれば、僕たちはそれを止めることはできない。せいぜい忠告するくらいだ。

行動を阻害してはいけない。決意を邪魔してはいけない。

冒険者になろうとする彼女たちの自由を制限してしまったら、冒険者は自由ではなくなってしまう。

それはきっとダメなのだと、僕でも分かった。

「だいたい、わたしよりも小さい子だっているじゃない！　あの子はどうなのよ！」

一際大きな声が聞こえて、そちらを横目で見る。——そんな、ほとんど反射みたいなうかつな動きが、失敗だった。

バッチリ目が合った。彼女より小さい子とは僕のことだった。実はチッカのことだったりしないかなって思ったけれど、ハーフリングが小さいのは当然だった。彼女は尖った耳をピコピコと動かして自分じゃないと主張する。

炎のような少女は完全に僕を見ていた。

……なぜだろう。僕に落ち度はなかったはずだ。

入り口で騒ぎを察知し、当事者のウェインを見捨てて遠回りしてまで関わるのを避けた。他の冒険者のように、面白い見世物感覚であからさまに見てもいない。

僕はただ朝食を食べているだけなのに。はやく採取に行きたいだけなのに。

これはきっと、ウェインが悪い。

「あ……アイツはいいんだよ」

ウェインがしどろもどろに言う。たぶん、彼女の背が小さいことを理由になにか余計なことを言ったのだろう。そして人間で彼女より小さい僕がいたせいで反撃されたのだ。

なにやってるんだウェイン。もっと頑張って。もっとこう、物語の悪役というか、最初の方に出てくるやられ役の小悪党的な感じでいいから、その子や周囲の視線を釘付け(くぎづ)にして。

なんの関係もない僕が注目浴びてるこの状況はすごく居心地悪いんだぞ。

「なにがいいってのよ！　あんなに小さくて弱そうでなんにもできなさそうな子がいいのに、魔術士のわたしがダメな理由はなに？　ちゃんと分かるように教えてもらいたいんだけどっ！」

「いや、アイツはほら、なんもできないなりにちゃんとやってるから……」

「意味分からないんだけど！」

　女の子の言うとおりだ。そんな説明で納得できるものか。もっとちゃんと具体的なことを言わないとモヤモヤするぞ。

「チビはまあ、目が違うよね」

「目？」

「うん、あの子とチビは目が違う」

　チッカにそう言われて、首を傾げる。

　あの女の子たちと僕の目に、どんな違いがあるのだろう。色ならたしかに違うけれど。

「キラキラしてない」

「悪口言ってる？」

「まさか。チビには冒険者、つまりダメ人間の素質があるってこと」

「言ってるよね？」

　僕とチッカでそんな話をしている間もウェインと女の子はうるさく騒いでいて、そのどちらにも関心のないシェイアが魚を食べ終わってハンカチで口元を拭く。

「ねむい」

他に言うことはないのだろうか。

「朝は強敵」

本当に眠そうだし……。

まあ、シェイアがここで寝てしまっても特に問題はない。冒険者は自由なのだ。だから眠いのなら寝ればいい。たぶん違うけれどそういうことだ。

はぁ、とため息を吐く。なんというか、始めから終わりまで益体がない。ウェインは猫の尻尾を踏んだような自業自得だし、チッカは暇つぶしに適当な会話をしてるだけ。シェイアはもうとっくに飽きている。

さっさと食べて、採取に行こう。

「ああ、もう分かった。分かったよ。そこまで言うならアレだ」

ついにウェインが、女の子に根負けする。

そして、また余計なことを言った。

「それなら、あいつとパーティ組んでついて行ってみろよ」

どうしてそうなったのだろう。考えてみて、すぐに分かった。ウェインが面倒を僕に押しつけようとしているのだ。

最低だ。自分のせいで起きた騒ぎなのに、人に放り投げるだなんて無責任すぎる。

しかもあれ、僕がなにかいいところを見せないといけない流れじゃないか。

「バカにしてる？　なんであんな弱そうなのとパーティ組まなくちゃならないのよ！　わたしたちはアレと同程度だって言うつもりっ？」

女の子が烈火のごとく怒声をあげる。彼女の怒りはもっともだ。僕と同程度なんて、この店で一番弱いって言っているのと同じである。

「なに言ってるんだ。あれより下だって言ってんだよ」

もうやめてウェイン。上とか下とかどうでもいいから。

もう早く出て行ってしまおうと、食べる速さを上げる。オートミールを口いっぱいに詰め込んで、湯冷ましの水で飲み下す。他のお店には行ったことないけれど、冒険者の店の料理は特に量が多いらしい。だから急いで食べてもなかなか減ってくれない。

「登録も済ませてないガキ二人が、なんども冒険行って帰ってきてるあいつより上なわけないだろ。ナメすぎだろ、冒険者のことも、あいつのことも」

女の子がすごく恐い顔をして、またなにか大きな声を出そうとする。――けれど、その声が発せられることはなかった。

「お、お嬢様。いいではないですか」

彼女の後ろでアワアワしていた、大きな帽子の少女……たぶん小さい方の子より年上なのだろうけれど、なんだか気が弱そうなその子が必死でその肩を押さえて止めたからだ。

ふわふわで明るい、栗色の長い髪が揺れて、その少女が僕を見る。

ちょっと潤んだ、どこか助けを求めるような目。

「この方のおっしゃるとおり、今日はあの子について行ってみましょうよぅ」

「ユーネ、貴女こんな男の言うこと真に受けるつもりっ！」

「き、気に入らない方でも先輩さんですよぅ。馬鹿丸出しな助言や忠告も、その場では一応聞いたフリをしておくのが新入りの処世術って教えてもらったでしょう?」

おどおどしてるだけかと思ったら、けっこういい性格してる。見ていた周りの冒険者がたまらず笑って、ウェインが苦虫を噛みつぶしたような顔になる。

小さい方の女の子はムッとした顔をしたけれど、その言葉には納得したのか一旦口を閉じる。そして腕を組んでキッとウェインを睨みつけると、いかにも不承不承といった様子で口を開いた。

「……いいわ。貴方の言うとおりにしてあげる。そのかわり、貴方がでたらめ言っているだけだったのなら覚えておきなさい」

「それが新入りの態度かよ……」

頭痛でもするのか、額を押さえて首を横に振るウェイン。

僕も頭を抱えた。一生懸命食べたオートミールは、まだお皿に少し残っていた。

冒険者に向いているかどうか。見ただけでそれを判断するのは難しい。

たとえばムジナ爺さんなどは分かりやすいだろう。あの人は防具なんて身につけてないうえ服もボロだし、持ってる武器も山歩き用のククリ刀だけだ。一見だけでは、冒険者と見抜くこともできやしない。きっと山師とか言われた方がしっくりくるはず。それでもムジナ爺さんは誰よりも長く冒険者であり続けた人だった。

兵士さんたちみたいに均一な装備などあるはずもなし、様々な技術の専門家が揃い様々な依頼が舞い込むこの仕事では、得意分野によって格好もそれぞれ違ってくるのが当然。しかも自由な気質の冒険者は好みにもうるさいので、冒険者の姿に統一性とかは本当にまったくない。

そもそも身体が大きくていい武器と鎧を装備していたところで、生きて帰れるかどうか分からないのが冒険なのだ。冒険者の素質なんてものがあったとしても、見た目でそれを判別するなんてできるのだろうか。

……ただ、冒険者はみなダメ人間という言葉を信じるのであれば、なるほど目が違うというのは分からなくもなかった。赤い少女の翡翠色をした瞳には、たしかに強い意志の輝きがあったのだ。

今ではなく、明日や明後日でもなく、もっと先を見据えているような。

きっとそれ自体は悪いことではないのに、むしろいいことであるはずなのに……なぜか僕は彼女と目が合ったとき、胸の奥にザラリとした不安が横たわるのを感じたのだ。


「買ってきたわよ、カゴ。これでいいんでしょ？」

「このお店、なんでも売ってるんですねー」

真っ赤なヒラヒラの服の上に魔法使いのローブを引っかけた小さな女の子と、大きな帽子をかぶったダボついた服を着た少女。その二人がそれぞれ新品のカゴを持って、お店から出てくる。冒険者の店のすぐ近くにある武具屋には、武具だけじゃなくって冒険に役立ついろんなものが売っていた。僕の採取用のカゴもここで買ったものだ。

……準備のためのお金があるっていいな。僕、最初は上着と枝でカゴ作ってたんだけど。

「ここは冒険者御用達の何でも屋だからね。僕らが買うだけじゃなく、売れる物ならなんでも買い取ってくれるところだから、何度も使うと思う」

お店の説明をしながら、二人が買ってきた品を見る。帽子の子は僕と同じ背負うタイプのカゴだけど、ローブの子は紐を肩に掛けるタイプだ。

肩に掛けるカゴは小さいからあんまり入らないけれど、僕の槍みたいに武器を背負っていると構えるときにつっかえるから、あっちの方が邪魔にならなくていいらしい。……ただ彼女は腰に短杖が吊してあるくらいで、大きな武器は持っていないから関係なさそうだけれど。

どちらかと言えば帽子の子の方が大きい武器を持っている。僕の槍よりは短いけれど、地面に立てたら彼女の胸くらいの高さにはなるだろう長い柄の先に、ゴツゴツした鉄の塊がくっついている武器だ。つまりメイスの柄が長いヤツで当たったらすごく痛そうなのだけれど、僕はあれの呼び方を知らなかった。

むぅ、と唸る。なんだかチグハグな感じだ。……とはいえ、そこまで大きな問題かといえば、そうでもないだろう。彼女たちが薬草採取を何度もやる気になったなら、そのときは交換すればいいし。

「うん、じゃあ出発──の前に、一つ伝えないといけないことがあるんだけど……そういえば自己紹介してなかったよね。僕はキリ。君たちは？」

そういえば彼女たちの名前も知らなかったなと、今更ながらに聞いてみる。

「リルエッタ・マグナーン。魔術士よ」

「ユーネはユーネ・イズスです。治癒術が使えます。よろしくお願いしますねー」

結局だけれど、今日の僕はこの二人とパーティを組むことになってしまったのだった。

――つーわけで、コイツら連れてってやれ。

向こうが悲鳴を上げるほど思いっきり足を踏んづけてやったけれど、ウェインにはゴブリン討伐の件で世話になったので断ることもできなかった。仕方なく僕は二人と一時だけのパーティを組むことになり、こうしてまずは冒険の準備から始めている。

借りがあるってツラい。しかもこれくらいじゃ返せないから、またこの調子でなにかやれって言われたらきっと断れない。

……とはいえ、期待に応えられるとは思えないのだけれど。僕もまだ新人だからできることって少ないし、ランクだってFから一個も上がってないし。

まあ、ウェインの言葉が嘘になったとしても僕に責任はない。できることだけやればいいやと割り切って、僕はいつも通りの冒険に行くことにした。

つまり、薬草採取である。

「リルエッタ・マグナーンにユーネ・イズスだね。……えっと、名前の方で呼んでいいものなの？」

「かまわないわよ」

「ええ、ユーネって呼んでくださいね、キリ先輩」

そっけなく頷くリルエッタに、両手を合わせて微笑むユーネ。なんだか真逆の二人だけれど、とりあえず二人の名前と呼び方が分かって良かった。――でも先輩って呼ばれるのはなんだかくすぐったいな。たぶん僕の方が年下だし。

しかし……魔術士さんに治癒術士さんか。ちょっとビックリだ。

たしかにリルエッタはお店で魔術士だって言ってたし、ユーネはよく見たら神官っぽい服で大地母神さまの聖印の首飾りをしている。二人はきっと本当に魔法を使えるのだろう。

魔法を使える人ってなかなかいなくて、すごく貴重って聞いたのだけれど。そんな人材が二人も、なんで僕なんかと薬草採取へ行くことになっているのだろうか。

「じゃあ、リルエッタにユーネ。これから冒険に行くけれど、さっき言ったとおり出発前に伝えておかないといけないことがあります」

ウェインに押しつけられた形だしやる気があるわけではないけれど、やるとなったならちゃんとやるべきだろう。仮にもパーティを組むのだから、できないことは無理でも、できることと知っていることはこなすべきだ。……とは思うものの、これからちょっと偉そうなことを言わなければならないので気分はあまり良くない。正直言いたくないし、どんな反応がくるだろうかと思うと恐い。

チラリとリルエッタの方を見る。今は落ち着いているみたいだけれど、さっきのウェインに対する剣幕がおっかなくって、ちょっと気後れしてしまう。

「えっと……今日はこの三人で臨時のパーティとして行動します。そして、パーティのリーダーは僕です。なので、僕の方針には必ず従ってください」

「命令に従えってこと？」

やっぱり声が恐くなった。せっかく丁寧な言葉遣いしたのに。

内心でため息を吐く。店で一目見たときから分かっていたことなのだけれど、こういう子ってちょっと苦手だ。

「うん、そういうこと」

僕が頷くと、リルエッタが鼻白んだ。

おっかないけれど、引くわけにはいかないことだ。僕がパーティリーダーとして彼女たちを連れて行くのなら、絶対に譲ってはいけないところである。

「嫌だったらここでやめていいよ。冒険の途中でも、僕の方針が気に入らなかったらいつでも帰っていい。けれど、僕の言うことを無視して勝手に動くのはやめてほしい」

以前、これと同じようなことを言われたことがあった。

あのときは特に深く考えることもなく、リーダーってそういうものなのか、とだけ思ったけれど、今ならあの言葉の意味が少しだけ分かる。

「イジワルで言ってるんじゃないんだ。なにかあったとき、僕は君たちを守れるほど強くないし、責任もとれないってだけ。だからこれを約束してくれないと連れて行けない」

つまりは、こういうこと。

さっき先輩って言われたけれど、たしかに僕は先輩でパーティのリーダーなのだから、この二人になにかあったら僕のせいになる。それは、すごく恐い。本当に恐い。

だからホントに勝手に変なことだけはしないでほしいという――アレは、きっと必死のお願いだった。

「なるほどー。分かりました、ユーネはキリ君に従いますね」

「ちょっとユーネ、貴女ね……！」

「まあまあ、連れて行ってもらうのですから。今日は冒険の見学と思いましょうよ、お嬢様」

ほわほわニコニコと、ユーネがリルエッタを説得してくれる。

さっきはキリ先輩って呼んでくれたのにもうキリ君になっているけれど、彼女は協力的でおっかなくないからありがたい。それに二人はかなり仲がいいようで、ユーネの言葉はちゃんとリルエッタに届くようだ。

「……分かったわよ。でも、気に入らなかったら本当に帰るから」

「うん、それでいいよ」

結局リルエッタも納得してくれて、僕はやっと安心して胸をなで下ろすことができた。

正直、途中で帰ってくれる分には問題ないのである。期待外れに思われてしまうのはべつにいいのだ。だってそもそも、僕に彼女たちを納得させるような実力なんてないんだから。

「それじゃ、冒険に行こうか。ついてきて」

二人の冒険者登録はもう済ませてあるし、採取用のカゴも買った。二人の名前も聞いて、伝えておかないといけないことも言った。これで準備完了だ。予定よりだいぶん遅れてしまったけれど、やっと出発できる。

冒険の見学。

その言葉にはなんだか胸にモヤがかかったような気分になったけれど、早く採取へ行きたかったので、気にしないことにする。

——できることと、知っていることはやろう。

そう決めはしても、やれることは唯一知っているパーティリーダーのマネをすることだった。冒険者になってまだ日の浅い僕には、それくらいしかない。

ただ……あの人のように上手くやることはできないだろうということも、なんとなくだけど分かっていた。

そして僕は、すぐにそのことを思い知ることになる。

「キリ、キリ、キリ……なんだか慣れない響きだわ。貴方のそれ、ちょっと珍しい名前よね」

そんなふうに言われたのは、町の北西の門が見えてきたころだった。

初めて言われたたし、珍しいというのにも驚く。たしかに同じ名前の人は知らないのだけれど。

「えっと……珍しくない名前ってあるの？」

「？　それはあるでしょう。わたしのリルエッタだって、そこまで珍しくないもの」

「ユーネもあんまり珍しくありませんねー。でも、キリは聞いたことありません」

リルエッタ、ユーネは珍しくない。普通にある名前ってことか。

歩きながら空を見上げる。今日は雲が少しあるけれど、雨が降ることはないと思う。そんな天気だ。

「キリって変な名前かな？」

「いいえ。でも格好よくはないし、馴染みがないから戸惑うわ。改名したらどうかしら？　一音か二音足すとかどう？」

「ええ……？」

無茶苦茶言うなこの子。なんで会ったばかりの初対面で、名前の改名を勧められるのだろうか。それにキリって呼びにくいわけじゃないし、彼女が慣れてくれればそれでいいと思う。

まあ、ムジナ爺さんも本名じゃなかったのだし、冒険者名ってやつを考えるのは面白いかもしれないけれど。

しかし、珍しい……か。

「町だと人が多いから、同じ名前の人ってけっこういるんだね。僕の村だとみんな違う名前だったよ」

「あら？　貴方は町の生まれではないの？」

「うん。最近、三日くらい歩いたところにある村から出てきたんだ」

「ふぅん、田舎者なのね」

道中、大したことのない話をしながら歩く。門のところの兵士さんに挨拶すると、今日は仲間がいるんだね、と言われた。

僕はそれに曖昧に笑って返した。彼女たちを仲間と言えるのかどうか、ちょっと自信がない。

「ねぇキリ。さっきの門兵、貴方のことを知っているようだったわ。知り合いなの？」

門をくぐり町の外に出てすぐ、さっきのやりとりを見ていたリルエッタが話しかけてくる。

冒険者の店での様子からもっとつっけんどんな感じかと思っていたけれど、彼女は意外と話好きらしい。

「いつも門を通るときに挨拶するだけだよ。僕みたいな冒険者は珍しいから、覚えてくれてるんだと思う」

「キリって小さいものね。お店で見かけたときも小さいって思ったけれど、改めて見ても小さいわ」

……たしかに僕より彼女の方が背丈は高い。でも言うほど変わらないのに、そんなに得意気になるのは納得いかない。というか冒険者登録したのだから彼女は十二歳になっているのだろうけれど、それにしてはかなり背が低い方だと思う。

「リルエッタだって小さいじゃないか……」

「わたしはこれから大きくなるもの。ねぇ貴方、ちゃんと食べているの？」

「ちゃんと食べてるよ」

「本当にですかぁ？　お嬢様みたいに好き嫌いばかりしてません？　野菜もお肉もちゃんと食べないと大きくなれませんよー」

ユーネが心配そうに話に入ってくる。たしかに好き嫌いはダメだ。ちゃんと全部食べないとお腹が空いてしまう。

とはいえ、あんまり辛かったり苦かったりするのは苦手。大人になると美味しく感じるようになるって言われたギザギザの山菜も魚のワタも、食べられなくって兄ちゃんにあげていた。

正直、あれを美味しく感じる日が来るとは思えない。

「ユーネ、貴女は黙ってなさい」

「でも、キリ君って小さいお嬢様よりもさらに小さいですしー。本当に十二歳以上なんです？」

「もちろん十二歳だよ。じゃなきゃギルドに登録できないでしょ？」

本当は九歳なのだけれど、ギルドから除名されたら困るので十二歳と言い続けてる。……いけないことではあると思うのだけれど、最近は少し、この嘘に慣れてきてしまった。

「二人は？　何歳なの？」

あまりそこを掘り下げられると困るので逆に聞いてみる。話題は同じでも、向きを自分から逸らしてしまえば失敗してバレることはないだろう。

たぶん背丈からして、リルエッタは十二歳になったばかり。ユーネは十五歳くらいかな。

「わたしはこのまえ十二歳になったわ」

「ユーネは十四です。キリ君とお嬢様より少しだけお姉さんですねー」

リルエッタは当たって、ユーネはちょっとハズしてしまったけれど、やっぱりかなり若かった。このくらいの子……それも女の子というのは、冒険者の店だと珍しい。

少しだけ、不思議だ。

二人とも綺麗な服を着ているし、カゴもすぐに買えるくらいだからそこまでお金に困っているようには思えない。ユーネにいたってはちゃんと防具まで用意していて、革の小手をつけているし、あのダボついた服の下に革の胸当ても着込んでいるらしい。なんでも、治癒術士の聖職者がよくする装備なのだとか。

お金があって準備ができるのはいい。それはいいことだ。けれど、彼女たちが冒険者になった理由が分からない。ユーネはリルエッタのことをお嬢様と呼んでいたし、もしかしたらいいとこの子だったりするのでは、とか思うのだけれど。

「…………」

聞いてみようかと迷って、けれどなんとなく聞きたくなかった。

きっと二人が冒険者になろうとした理由は、僕のそれとは全然違う。それだけはとっくに察していて、だから胸の奥でなにかがモヤモヤして、なんだか納得いかない気分で歩いていく。

「ところでキリ君、ユーネたちはどこへ向かっているのでしょう？　まだまだ歩きますかー？」

「ああ、目的地ならもう見えてるよ。あそこの……――あれ？」

ユーネがそう質問するのは当然で、そういえば行き先を言ってなかったなと反省して、答えようと振り向き――異常に気づいた。

リルエッタがいない。

いきなりはぐれた？　こんなところで？　まだ街道も逸れてないのに？　驚いて捜して見れば、少し後ろで蹲って（うずくま）いる姿があった。

「ど、どうしたのリルエッタ！」

「え、あっ！　お嬢様っ？」

二人で慌てて駆け寄る。彼女は足を押さえていて、顔からは苦悶（くもん）の色が滲（にじ）み出ていた。

……ここはもう町の外だ。壁と門で守られている場所じゃない、すでに危険な区域。

矢を受けたのだろうか。たしかゴブリンとかは粗末だけど弓矢を使うものもいるって聞いたことがある。

それとも罠とかか。魔物がそういうのを使うのかは知らないけれど、罠を設置できる器用な奴がいても不思議じゃない。

いや、もしかしたら毒蛇とか毒虫とかに噛まれたのかもしれない。それも種類によってはかなりマズい。

「あ……」

痛みに耐えながら、リルエッタが口を開く。

「足が、痛いわ……」

…………足。

僕は改めて彼女の足を見る。彼女が靴と踵の間に指先を入れて、隙間をつくっているのに気づく。

リルエッタは複雑な模様が彫られて、染料で綺麗に塗られ、色とりどりの紐で飾られた、僕から見てもオシャレな木靴を履いていた。

「……わぁ、可愛い」

どう考えても長く歩けそうにないそれを見て、僕は両膝を地面に突き、両手も突いて、ただただ絶望したのだった。

魔術士や治癒術士の中には、本当は魔法を使えないのに使えると嘘を言って仲間を集める人がいるらしい。そんなのすぐバレてパーティから追い出されるのだけれど、後を絶たないという。

……道半ばで修行をやめてしまって結局習得できなかった人が未練がましく名乗るだとか、なにもできない者が後方で楽をするために嘘を吐くとか、そんな感じ。

ただしユーネに関しては、本人が申告したとおりちゃんと治癒術が使えるらしい。呪文を唱え、淡い光と共に怪我が治っていく様は神秘的ですらあった。

まあ、治したのは靴擦れなんだけど。

「たぶん、旅人用の靴でいいと思う」

リルエッタの靴擦れを治し、僕たちはもう一度町に戻って来ていた。ハッキリ言ってあの靴ではダメだ。町を出てすぐ、それこそまだ門が見えている内に足が痛くて動けなくなるようでは、とてもじゃないけれど目的地まで行けない。

仕方なく戻って来て武具屋まで来たけれど、その時点でかなり日が高くなってきていて……そして、冒険者が必要な品ならなんでも揃っているはずの武具屋なのにリルエッタの小さい足に合う靴は売っていなくって、その時点で僕は今日の冒険を諦めた。

これから別の店へ行って靴を買って、それから町の外へ向かっても薬草採取は満足にできないだろう。

「薬草採取じゃなくても、冒険はよく歩くからね。足に馴染みやすい柔らかい革製で、尖った石とか踏んづけても足が痛くならない靴底があるやつかな」

特に靴底は重要だ。足を護るためもあるけれど、靴底のないのを履いて長く歩くとすごく疲れるし足の裏が痛くなるらしい。村で一番靴作りが上手い人がいつもそう言ってた。

「……つまり、普通の靴屋で買えばいいってことね」

「そう。大通りから一つ路地に入った場所にいい店があるって武具屋の人が言っていたから、そこに行ってみよう」

「いいのがあるといいですねー」

三人で道を歩いて行く。僕はまだこの町に来たばかりだから、大通りから外れると途端に分からなくなる。教えられたお店を見落とさないよう注意しながら進む。

「冒険者用の特別な靴はないの?」

そう聞かれて、僕は考える。冒険者用の靴。

「前衛に出る戦士職なら、脚甲をしてる人もいるかな。頑丈な鉄板で脛(すね)や足先を覆ったりとか。さっきの冒険者御用達の武具屋にもそういうのはあったね。けどリルエッタは後衛の魔術士だから、そこまで気にしなくてもいいと思う」

まあ僕は前衛なのに、脚甲とかはしていないいんだけど。

お金がね。ないんだよね。

「そう……」

リルエッタはバツが悪そうに下を向く。なんでそんな顔をするんだろう、と首を傾げると、ユーネが耳打ちしてくれた。

「普通の物じゃない特別な靴があるのなら、そういう靴を履いてこなかったのも仕方がないって思えるじゃないですかー」

「聞こえているわよユーネ」

小声ではあったけれど、ユーネの声は通りがいいから聞こえてしまったらしい。少女は慌てて口に手を当てる。ちょっと抜けてるなこの子。

でも、そうか。流れで靴も買い揃えないといけないかと思ったけれど、普通は歩きやすい靴くらい持ってるものだ。もう靴を買ってもまた冒険に向かうほどの時間はないのだし、それならわざわざ買う必要もないのではないか。

これは失敗だな。お店に向かう前に確認するべきだった。

「動きやすい靴が家にあるなら、今買う必要はないけど？」

「……え？　あ、いいえ。せっかくだから購入するわ。あまり頑丈な靴はないもの」

それなら良かった。いや、べつに良くはないか。

「あ、あれじゃないですかー。おすすめの靴屋さんー」

武具屋の主人に教えられたお店を見つけて、三人で入る。

革製品の匂いがする、薄暗くて小さい店だった。狭いけれど靴だけしか売ってないようで、商品が所狭しと並べられている。これならけっこう種類がありそうだし、小さい靴もあるからリルエッタに合うものも期待できそうだ。

「ん……なんだか、実用的そうな靴ばかりね」

リルエッタの言うとおり、品揃えは動きやすくて頑丈そうなものが多かった。魔物素材で水が染みない長靴なんてのもあって、気になって手に取ったけれどかなり値段が高くって慌てて棚に戻した。

さすが武具屋の主人がおすすめするお店だ。ここなら冒険に耐えられる靴が手に入るだろう。

見れば奥の方では、この店の店主だろうか。お爺さんが木槌で革を加工していた。靴を作っているのか直しているのか。チラリとこちらを見たけれどなにも言わず、また作業に戻る。

なにも言わないのだったら、勝手に店内を見てもいいってことだろうか。なんだか村にいた偏屈なお爺さんを思い出すな。

「どれがいいのかしら……」

「合いそうなものを見繕って、お試しで履かせてもらいましょうかー。すみませんー、ここにある靴、履いてみてもよろしいですかー？」

ユーネが奥へ声をかけるとお爺さんは顔を上げてこちらを見てから、一つ頷いただけでまた手元に視線を戻す。

ダメとは言われなかったので、どうやらいいらしい。

「ほらお嬢様、靴選びはなんと言っても履き心地ですよー」

お爺さんの態度に戸惑うリルエッタに、ユーネが適当に手に取った靴を渡す。

「たくさんあるけどリルエッタの足に合う大きさのものだと限られるし、全部試してみてもいいんじゃないかな？」

飾られた商品たちを見回せばやはり多いのは大人用の靴で、小さい靴は限られそうだ。……とはいえ、決して少なくはない。これだけあれば一つくらいはちょうどいいのが見つかるだろう。

僕の村だと靴は慣れるものだったけれど、町だと靴は選んで買うものなんだな。ちょっと新鮮な感覚だ。

「……どんな物がいいとかはないの？」

そう聞かれて首を傾げる。

「ここにある物なら大丈夫だと思うから、どれでも君の気に入ったものを選べばいいと思うけど」

僕が答えると、なぜかリルエッタは鼻白む。

「いい選び方を知ってるからついてきてくれたのではないの？」

「え？　冒険用にってこと？　いや、特に……さっき言ったのに当てはまるなら、どれでもいいと思うけれど」

靴の良し悪しなんて分からないし、そんなことを言われても困る。明らかに長く歩くのに向いてなさそうな物を選ぼうとするなら止める気でいたけれど、ここならそういう心配もないしどれでもいいのではないか。

「……そう。そうね。しょせんは靴だもの。本当に……こんなことで、いきなりつまずくとは思わなかったわ」

リルエッタは下唇を噛んで靴を受け取ると、今履いている木靴を脱いだ。そして、キッと僕へ鋭い視線を向ける。

「けれど見てなさい。今日はダメだったけれど、明日は必ず冒険に行くんだから！」

チェリーレッドの髪の少女はなぜか怒りながら、柔らかい革の靴に足を通す。

大きさが合わなかったのか、すぐに脱いで別の靴へと手を伸ばした。

「あー、靴なぁ。重要だよな、靴」

昨日に続き鉢金ぶっ叩き訓練は今日も行われ、僕は槍に見立てた材木を振り回す。そんな僕の攻撃をほとんど紙一重で避けながら、元凶であるウェインはのんびりとした声でウンウンと頷いた。

「俺はそんなオシャレ靴なんて履いたことねぇしなー。つーか、そんなん冒険に履いてくる奴もいねぇしな。ちとそれは気づかなかったぜ」

昨日とまったく同じルールだ。今日も相手の手には短い枝しかなくて、僕は槍くらいの長さの棒を持っているのに全然当たる気がしない。もう三度も鉢金を叩かれていたけれど、まだ枝は折れていなかった。

「あんなに見事なのはなかったけど、僕の村にもああいう靴はあったよ。本当に特別なときにしかみんな履かなかったけどさ」

はぁ、とため息を吐きたい気分だ。稽古の最中じゃなかったら、きっと大きなのが出ていただろう。

僕は村から三日の旅をしてこの町に来て、着の身着のままで冒険者になった。だから当然、靴は旅用の歩きやすい物だったけど……そもそも僕だってウェインと同じでオシャレな靴なんて一回も履いたことないから、靴の選択を間違えるなんてことは有り得なかったわけで、偉そうなことは言えるわけではない。

でも、それにしたってリルエッタは、あんな靴で冒険は無理だと思わなかったのだろうか。

いや……リルエッタはたしかにダメだったけれど、問題はそれだけじゃない。だってムジナ爺さんならきっと、出発前に気づいていたはず。今日の冒険があんなバカみたいな失敗で中断したのは、僕がリーダーだったせいなのだ。

つまり僕も悪いのである。本当にため息を吐きたい気分で、その暗い気分を振り払うように棒を繰り出す。当たらなかった。

「んで、どうしたんだよ？」

「町に戻ったよ。靴屋さんを探していい靴を買って、それで今日は終わり。元から出発が遅れてたところにそんなんだったから、もう今日はダメだってなって解散した」

「アッハッハ」

笑われたのがムカついて、大振りで棒を横薙ぎにするけど余裕で避けられて、さらにムカついただけだった。

誰のせいで今日一日なにもできなかったと思っているんだ。

「つまりアレか。今日は女二人と買い物デートしてきただけかよ。なんだようらやましいな色男」

「とりゃぁ！」

基本の型も無視で、振りかぶって思いっきり叩きつける。簡単に避けられて鉢金を叩かれた。くそぅ。

「ハハハハ、こんな挑発に心を乱されるようじゃ、命がいくつあっても足りねぇぞガキんちょー」

「うるさい」

もうヤケになって棒を振り回す。でもかすりもしなくって、ヘラヘラしたウェインの顔が余計にムカつくだけだった。

本当に、上手くいかない。どうしたらこのイラッとする相手に攻撃を当てられるのだろうか。

「ま、いいじゃねぇか笑われるくらい。町を出てすぐだったんだろ？　戻ってこれるときに分かって良かった良かった、てなもんだ。これが町から遠く離れた場所で魔物に追いかけられてる最中に走れなくなりました、だったら笑い話にもならねぇぞ」

「それは……そうだけど」

たしかにそうだ。ウェインの言葉は正しい。今回は悪いところが早めに見つかって良かったと思うべきだろう。

こんなふうに笑われるのは、それが大したことではない失敗だからだ。

「だろ？　だから俺は遠慮なく笑ってやるぜ！　両手に花でお買い物は楽しかったかガキんちょー」

よし、振りの速さだけではダメだな。大振りでは当たる気がしない。一撃目は見切られるなら、もっと細かく槍を繰り出して好機を待つ感じならどうか。そう考えて、僕は槍を少し短く構える。

けれどそれだと威力は減っちゃうから、急所に当てたいところだ。狙いは股間とかどうだろう。

「んで靴買ったってことは、明日もアイツらと一緒に行くのかよ？」

「一応、そういうことになってる」

そう答えた僕の苦々しい顔を見て、ウェインはまた笑ったのだった。

ゴスッ、と鉢金を叩く。その際、ペキリと枝を折ってやった。

「おっと枝が折れたな。今日は終わりだ」

枝を捨ててそう言ってやれば、ガキんちょは力尽きるように地面へ倒れ込む。

早く帰ってきたから早めに始めたが、倒れるまで頑張るとはなかなか根性がある。昨日は恐がって逃げようとすることもあったが、叩かれてもそこまで痛くないことが分かったのだろうか、今日は最後まで向かってきたのも進歩と言えるだろう。

まあ、攻撃に対して目を閉じるのは本能ってヤツだ。それに抗うのはなかなか難しく、もう少しばかり時間が要るはず。明日のためにも今日はこの辺で終わらせておくのがいいだろう。

「休んで動けるようになったら、メシ喰って寝床で眠れよ。そのまま寝て風邪引いても看病する物好きはいねーぞ」

「うー……」

反応したということは、意識はまだあるってことだ。なら放っておけばいい。

訓練をつけてやってはいるが、あくまで俺たちは冒険者であって、親兄弟みたいな関係ではないのだ。甘えさせるのは違うし、それがいいことだとも思わない。俺は倒れているガキんちょを置いて冒険者の店の中へ戻る。

「お疲れ」

「お疲れさん」

冒険者の店に戻ると、シェイアとチッカがまだテーブルにいた。夕食の皿はもう下げられていて木のコップだけしかないところを見るに、二人ともチビチビ酒を飲みながら待っていたらしい。

まだ店はざわついている。もう夕食時は過ぎているがメシを喰ってる奴はいるし、酒飲んで騒いでる奴らもいるし、明日の仕事の話をしているのだっている。

いつもの夜だ。まだ夜の早い時間ではあるが、不健康な冒険者どもがみんな大人しく早寝するなんてことはないから、このざわめきはまだまだ続くだろう。

「チビはどうだよ？　見込みはありそうか」

だいぶん酔った顔でチッカが聞いてくる。できあがっているように見えるが、コイツはすぐ顔が赤くなるだけで酷い酔っぱらい方はしないのを俺は知っていた。自分がどれだけ飲めるのか完全に把握しているタイプだ。斥候やってるのはこういう奴か、そもそも酒を飲まない奴が多い。

ちらりとシェイアを見ると、彼女はいつもと同じ顔でチビリとコップに口をつけている。いつも静かだから分かりづらいが、こっちは相当強いタイプ。いくら飲んでも顔色すら変わらない。

はぁ、とため息を吐く。

二人して用もないのに、毎日店に来やがって。ガキんちょが気になるなら稽古も見に来りゃいいのに。

「見込みね、どうだかな」

ボリボリと頭を掻きながら、俺は空いている椅子に座る。計算は苦手だが、採点するとしたらどうなるだろうか。

新人女二人に振り回されたのをからかったせいか、今日のガキんちょは大振りが多くて雑な感じだった。その程度のことで技に雑味が入るのは拙いから減点として、ただし思い切りがよくなった分は少しだけ加点だろうか。後半は大振りをやめていっちょ前に牽制を交ぜてきやがったのはわりと考えたと思うが、積極的に隙を作ろうとするのではなくこっちのミス待ちって感じだから全然恐くない。俺とガキんちょなら先に隙を作るのはガキんちょである。

まあ計算するまでもないな。総じてダメ。ゴミカスの雑魚で評価は終了だ。

とはいえガキんちょはまだ子供で初心者。今の段階で弱いのは当たり前なのだし、聞かれているのは未来に強くなれるかどうかである。

「知らねぇよ。人に教えるなんざ初めてだ」

それこそ分からなくて、俺は潔く考えるのを諦めた。肩をすくめて正直に答える。

見込みがどうかなんて分かるはずがない。戦い方を教えるのは本当に初めてなのだ。それもあんな子供が相手では、他の奴と比べることもできない。

俺にできることは、かつて自分がしたのと同じ訓練の焼き直しだけ。それもうろ覚えなうえに、モノによっては未だにどんな意味があったのかイマイチ理解できていないのもあって、わりと困っている最中である。中には遊ばれてただけじゃねぇのか、なんてのも多い。……まあ鉢金ぶっ叩き訓練で目を閉じなくなるのはもう少し先だろうから、ゆっくり思い出していけばいいだろう。

まあ――それはいい。というかチッカもシェイアも、ガキんちょに見込みがあるかないかなんて大して気にはしていないだろう。頭の悪い俺だってそれくらいは分かるのだ。

だから俺は、彼女たちが本当に知りたいことを教えてやる。

「ちったぁ元気になったよ」

シェイアはクスリと、チッカはニカッと笑って、俺は酒を注文する。


――失敗した。

しんと静まりかえった室内で、ぼふりと寝台へうつ伏せに倒れ込む。日課である魔術の修行に使う練習用の杖も、棚に並んだ分厚い本も、お気に入りの人形ですら視界に映したくなくて貝のように閉じこもりたかった。

最初の冒険だと張り切って出発したわたしは、新品の肩掛けのカゴと靴だけを買ってマグナーンの屋敷へ戻ってくることとなった。大失態である。

冒険者登録はした。町の外にも出た。けれど一番下のFランクでも受けられる薬草採取の仕事すらまともにできず、当然報酬を受け取ることもできず、ただただ買い物だけして帰ってくることになるとは。

それも、他ならぬ自分のせいで。

「ああ、もう」

家族や使用人たちに見つからないよう隠れるように屋敷に入って、自室まで息をひそめた。そんなことをしなければいけないのが情けなくて、泣きそうなほど悔しかった。

何のために修行して魔術を習得したのか。何のために勉強して魔物の知識を身につけたのか。何のために親やおじいさまを説得して許可をもらったのか。

こんなふうに寝台に顔をうずめるためではなかったはずだ。

「……もっと。できるはずだったのに」

薬草採取くらい簡単にこなして、偉そうに忠告してきたあの馬鹿面の青年を見返してやって、そして明日にはもっと別の難しい依頼を請け負って、自慢の魔術を披露するはずだった。

なのに現実は、それ以前。靴擦れで歩けなくなるなんて、冒険どうこうの問題ではない。

「靴、ね……」

寝台の上に座り、脱いだ新しい靴を抱えるように持つ。あまり嗅いだことのない革の匂いがした。

長く歩くための靴。見目ではなく機能を重視した靴。働く者のための靴。

わたしは、今日までそれを持っていなかった。物語に出てくる箱庭のお嬢様のように、わたしはそんなものを必要としない生活をしていた。

普通の人なら、こういう靴を持っているのだろう。ユーネも当たり前のように履いていたし、あのキリという子だってそうだ。

当然のように、彼らは自分の足で遠くへ行ける人たちだった。

「いいえ」

わたしはブンブンと首を横に振る。髪が乱れてしまったけれど、気にもならなかった。

靴は手に入れた。わたしだって、もう自分の足で遠くに行けるのだ。これからいろんなところへ行けばいい。誰も行ったことのない場所まで行けばいい。そこにはきっと、素晴らしい景色があるはずだ。

だったら、なにを気後れすることがあるというのか。

「明日はもう、失敗しないわ」

むくりと起き上がる。ユーネならまだいいけれど、あのキリとかいうわたしよりも背の小さい子には、もう無様な姿は晒せない。

できることはするべきだ。落ち込んで寝ている暇はない。

「新しい靴に慣れること。そして、薬草採取。まずはそこからだわ」

寝台に腰掛けて、新しい靴を履いて紐を縛る。あのお店の合いそうな靴を全部試して選んだそれは、しっかりと足に馴染んだ。こんなにも歩きやすい靴があったのかと感動するくらい。

踏みしめるように歩いて、本棚の前へ。薬草についての本を取り出す。

「歩いてユーネの家まで行って、予習する。ええ、当然のことよ。マグナーンの商人は、たかが薬草採取だとしても甘く見ない」

声に出して宣言し、その程度の低さにくじけそうになる。非常に難解で習得が困難だと言われる高尚なる魔術を修め、冒険者になるためにずっと準備をしてきたのに、一番はじめにやることがこれか。

情けない。けれど不幸中の幸いにして、今日はまだ時間がある。

一歩一歩でも進まなければ。まだ冒険者としての自分は、始まったばかりなのだから。

第二章
探査の魔術

I cheated my age because the Adventurer's Guild only allowed entry from twelve.

翌日は快晴だった。夏はまだ先のはずだけれど、ちょっと暑いくらい。

のびをして起きて、出発の準備をして、隣の馬に行ってきますを言ってから冒険者の店に行く。

いつもの朝だ。けれど約束があるから、今日も普段とは違う日になるのだろう。

店へ入って中を見渡すと、シェイアが寝ぼけ眼で魚を食べていた。同席させてもらい、一緒に朝食を食べる。……彼女はたしか冒険者の店の宿を使ってないはずだけれど、朝食時はいつもいる。住んでる場所がご近所なのだろうか。

シェイアはほとんど寝ながら食べているので、簡単に挨拶した他には特に話もしない。オートミールを食べながら店を見回すと、ウェインが珍しくいなかった。いたらまた騒ぎになりそうなので、少しありがたい。

昨日みたいに早く食べる理由もないので、ゆっくり噛んで飲み込むのを繰り返す。オートミールは美味しいいし量が多いから好きだ。ただ、ずっと味が同じなので最後の方は少し飽きるのが難点。僕はこれでお腹いっぱいになっちゃうけれど、普通は他にも何皿か頼むものらしい。

「来たわ」

「キリ君、おはようございますー」

オートミールを食べ終わった頃に、リルエッタとユーネは来た。

リルエッタは昨日のことがあるからか少しバツの悪そうなふくれっ面で、ユーネはニコニコほわほわと微笑んでいる。

うん、ちゃんとカゴを持って来ているし、靴も昨日買った歩きやすい物を履いてきていたようだ。町の外に出ることを考えてか、リルエッタは長袖のローブも着ている。これなら草原を少し進んだだけで動けなくなる、なんてことにはならないだろう。

「おはよう二人とも。準備はもうできてる？」

「もちろん。さっさと行くわよ」

「はい。朝食も済ませてきましたので、いつでも行けますよー」

たぶんウェインと会いたくないのだろう。なにせ昨日は門を出てすぐに引き返したのだ。早く店を出たいという雰囲気が漏れ出ているようで、ちょっと笑ってしまった。

「それじゃあ、このパーティの二日目の冒険、出発しよっか」

僕は足下に置いていた自分のカゴを背負う。……今日の冒険は、昨日みたいに失敗しないといいのだけれど。

「薬草採取で依頼される薬草は、草原の方だとあんまり見つからないんだ。薬草自体はあの辺りにもあるにはあるんだけど、町の近くに生える種類ならわざわざ冒険者に頼まなくっても集められるから、依頼には出されない。だから僕たちが採取する薬草は基本、町から少し離れた危険のある場所のものだね」

街道を逸れて獣道に入って、木々の間を縫うように坂道を進む。僕たちはシルズン丘を登っていた。記憶と枝が落とされた痕跡を頼りに、道を辿（たど）っていく。

当たり前だけれど、今日は昨日よりも先に進めている。リルエッタは新しい靴だから少し心配だったけれど、靴擦れで足が痛くなったりはしていないようだ。

「薬草採取の依頼のコツは、常に周囲に気を配ること。これは地面だけの話じゃなくて、魔物とか、大きな獣とか、蛇とかにも注意しないといけない。危険は絶対に相手より先に見つけないとダメ。後ろから襲いかかられたらなにもできずに死んじゃうから」

教えられたことと、自分で理解したこと。こっそりと指折り数えて、数少ないそれらを語りながら歩いて行く。

……正直、昨日の件で僕は彼女たちのことを、ちょっとダメな人たちなのではないかと疑い始めていた。あんな靴を履いてくるくらいだから、冒険のことはなにも分かっていないのではないか——それくらいのことを思っていて、だからこんな基本中の基本であろうことも丁寧に伝えるべきだろうと考えたのだ。

たぶんムジナ爺さんも、そういう気持ちで僕に教えてくれていたのだと思う。

「ちょ——ちょっと、キリ。ちょっと待ちなさい」

昨日のうちに伝えるべきことは考えてきたから、まだまだ話すことはある。さてどれから話していこうか。そう考えながら足を進めていると、意外なほど離れた声に呼び止められた。

振り向くと、リルエッタが木の幹に寄りかかり、ユーネは膝に手を突いて立ち止まっている。二人とも汗だくで、肩で息をしていた。

……歩くペースは、だいぶん遅かった気がするけれど。

「えっと……少し休もうか」

「そうして……」

「……山道って、疲れるんですねぇ」

山じゃなくて丘なんだけれど。

あと、獣道ではあるけれど人の手も少しだけ入っている道だ。張り出した根っこは厄介ではあるが、邪魔な枝は払われているから歩きやすい方である。

ただ……前に来たときとは違って、今日はあの日より暑い。木々の枝葉が日の光をだいぶん遮ってくれてるからまだ我慢できるとはいえ、僕でもじっとりと汗ばんできていた。

「そういえば、二人とも水筒はある？」

リルエッタの柔らかそうな頬を伝う汗を見てふと気づいて、そう聞いてみる。二人とも首を横に振った。ああ、やっぱりか。

これも僕の失敗だ。せっかく昨日は買い物に行ったのに、カゴと靴以外のものに気が回らなかった。冒険は町の外をたくさん歩くから疲れるし、水分補給は重要である。体力がないなら水筒は欲しいところだ。二人は冒険初心者なのだから、少しでも知ってる僕が気づくべきだったのだろう。

まあ、失敗するのはもう仕方がない。元より今日一日を何事もなくやり過ごせる気はしていなかったのだし、これは致命的なものではないからまだ良かったと思おう。

それに、水ならあるし。

「まだお金があるなら、また買いに行こう。今日はこれ飲んで」

僕は自分の腰につけていた革袋の水筒を二人に渡す。朝食のとき、湯冷ましの水を入れてもらったものだ。

二人で分けて飲むには少ないかもしれないけれど、そこは我慢してもらおう。

「……いいの？」

水筒を手渡されたリルエッタは目をパチクリさせて、普段よりいくぶんしおらしくそう聞いてきた。……気づかなかった僕のせいもあるのだから当然だと思うのだけど、彼女はそうは思わなかったらしい。

「うん、僕は蔓を切るから大丈夫」

「蔓ですかぁ？　どういうことなんですー？」

僕が言ったことの意味が伝わらなかったのだろう。ユーネが不思議そうにそう聞いてくる。リルエッタも首を傾げていた。

たしかにちょっと言葉たらずだったかもしれないので、ちょうどいいから実践することにした。これもどうせ教えるつもりだったことである。

周囲を見回し少し離れたところにある木に巻きついたお目当ての蔓を見つけ、僕はナイフを取り出す。

「この蔓をこうやって斜めに切ると、少しだけど水が出てくるんだ。飲み水がないときは役に立つから、覚えておくといいよ」

「わぁ、キリ君は物知りなんですねー」

「本当に少しね……。それで足りるの？」

「僕は慣れてるからね。遠慮しないで、それは二人で飲んじゃって」

まあ本当は僕だって水は欲しいのだけれど……正直、彼女たちの足が鈍ることの方が困る。今日は早めに出発できたから時間に余裕はあるとはいえ、できれば早く進みたい理由があった。

もちろん僕だって、途中でちゃんと休憩は取ろうと思っていたのだ。でも予定していたその場所はまだ先で、思ってたよりも彼女たちは悪路に慣れていないようで、もう息が上がってしまっているのはハッキリ言って予定外。

そんな状態で水もないとなると、最悪は倒れてしまうのではないか。そう考えたからこそ自分の水筒を渡したのである。……ちょっとだけ、自分の後輩になる新人にいいカッコをしたいな、というのもあったりはするけれど。

両手で僕の水筒を持つリルエッタはしばし手の内を見つめてから、形のいい唇を震わせてなにか言おうとして、けれどやっぱりやめたようだった。

少しだけ瞼（まぶた）を伏せて、彼女は僕に向き直って姿勢を正す。水筒を持ったままスカートの端をちょんと摘（つ）まんで、優雅に一礼する。

所作がこんなにも美しいと感じたのは、初めてだった。――なにが起こったのか、一瞬分からなかったほど。

「ありがとう。貴方、意外と紳士なのね」

チェリーレッドの髪を汗で顔に貼り付かせ、胸元に手を添えてそう微笑んだ彼女にドキリとする。

お礼を言われたことも、僕がまったく知らなかった綺麗な姿勢と所作も、どちらも驚きで言葉が出なかった。シンシってどういうことなのだろう、という疑問はあったけれど、たぶん褒められたんだということは分かった。

喉が渇いていたからか僕が固まっているのに気づいていないのか、リルエッタはすぐに僕から目を離す。革の水筒の口を開ける。——けれど、すぐには飲まずキョトキョトと周囲を見回し、ユーネと顔を見合わせて、二人で首を傾げた。

「えっと……これってどうやって飲むの？」

「え、そのままだけれど？」

二人はびっくりした顔をしたけれど、僕もびっくりしてしまった。驚くことばかりだ。もしかしてコップからしか水を飲んだことがないのだろうか。そんな人がいるのだろうか。

「そうね。冒険だもの。そういうものなのよね」

「お嬢様、これも冒険ですよー」

ひっくいな冒険のライン。

開いた水筒の口を覗（のぞ）き込み、リルエッタは何度か躊躇（ためら）いながらおそるおそる唇をつける。ゆっくりと革袋を持ち上げて、水を口の中に流し入れる。本当に初めてらしい、ぎこちない仕草。

コクリ、と可愛らしい喉が鳴った。

「……う……酷い味」

革の水筒って、革の味と臭いが移るから水がすごくまずくなるんだよね。

思ったよりも少女たちの体力は少ない。それは分かった。予定よりも多く休憩を挟みながら行くべきだろう。

ここは町の外だ。いつ魔物に襲われるか分からない以上、体力の限界まで使わせるわけにはいかない。少なくとも逃げる分くらいの余力は残しておかなければならない。そして二人が魔法使いならとっさに呪文を唱えられるよう、息を切らせないくらいのペースがいいだろう。

自分のことだけじゃなく、彼女たちの体力管理も考えながら進んでいく。……ただし、休むにしても時間を無駄にはしたくなかった。

「ほらここ、薬草があった」

「わあ、本当に依頼書にあった薬草ですー。たくさん群生してるんですねー」

獣道の脇のちょうど採取しやすい位置に薬草を見つけて教えてあげると、フワフワ髪の少女が胸の前で手をポンと叩いて喜ぶ。そんなに高いものではないのだけれど、ユーネの言うように群生していて量が多い。これならそれなりの額にはなりそうだ。

これも以前、ムジナ爺さんがやっていたことである。体力のない斥候のお姉さんが疲れたころに、役立つ知識を教える名目で足を止める。これなら休憩中も時間の無駄にはならない。

「二人とも、採取の方法は分かる？」

僕はお手本を見せるために自分のナイフを取り出しながら、一応そう聞いてみる。

「ええ、覚えてきましたから大丈夫ですよー」

「問題ないわ」

え？

二人とも小さなナイフを取り出す。僕のよりも少し小さいそれは同じ造りをしていて、どちらも新品のようだった。

薬草採取のために買い揃えたのだろうか。おそろいなのは同じお店で買ったからだろうか。思っていたよりも用意が良くてちょっと驚いてしまう。

そして、驚いたのはナイフのことだけではなかった。彼女たちはちゃんと、依頼書に書かれているとおりの正しい方法で採取したのだ。

「もしかして二人とも、もう依頼書の内容は全部覚えたの？」

ユーネは一目見ただけで依頼書の薬草だと見抜いたし、薬草の前にしゃがみ込んだリルエッタも採取の手つきに迷いはない。

……薬草の採取法は、最初から教えるつもりだったものの一つだった。依頼書をしっかり読んで覚えてなければ間違えてしまうことだし、間違った採取の仕方をしたら冒険者の店の店主であるバルクの検分は通らない。

僕が知る限り、彼女たちは依頼書をじっくり読んでいなかったはずである。というのも依頼書を見せたのは昨日の朝で、時間が惜しかったから薬草採取に行くってことだけ説明して、後は実践しながら手本を見せるつもりだったのだ。

だというのに、どうして採取の方法まで分かるのだろうか。

「ユーネはまだ覚えきれてないですねぇ。でも、お嬢様は全部覚えてるんですよー」

「あの薬草たちはどれも魔術や錬金術で使うものだもの。元から知識があっただけよ」

理由を聞いて、ああ、と納得する。たしかに薬草と魔術士ってなんだか近い印象がある。

リルエッタは魔術士だ。薬草を魔術に使うこともあるのなら、詳しいのは当然だったか。

「名前は全部お嬢様が知ってるものだったんですよねー。でも採取の仕方が分からなくて、昨日二人でお勉強してきたんですよー」

「ユーネ、黙って採取なさい」

……まあ、名前を知っているからといって採取の方法まで知ってるとは限らないよね。

でも、ちょっとビックリだ。二人とも薬草採取がやりたくって冒険者になったわけじゃないだろうに、今日のためにちゃんと調べてきたらしい。きっと根が真面目なのだろう。……それにしても元々知識があったとはいえ、依頼書をちょっと見ただけで種類を全部覚えたリルエッタは、もしかしてすごく頭がいいのではないか。

「薬草って薬師ギルドで水薬を造るためだけのものだと思ってた。魔術やレンキン術？　にも使うんだね」

使う、と言われたことが少し気になって、僕は細長い形をした薬草の葉っぱに触れてみる。自分が採取している品がどのように使われるモノなのか、そういえばよく知らない。これはいろんな種類がある水薬の、どれかの材料になるのだろうか。それとも軟膏（なんこう）や丸薬だろうか。薬草であり値段がつくことは知っているけれど、これにどういう効果があってどんな使われ方をするのかは依頼書には書かれていなかった。

だからリルエッタの知識には感心したのだけれど、彼女は首を横に振った。

「正確には、薬師ギルドが造る水薬も錬金術の産物よ。調薬と錬金術は似ているもの」

なんか細かいところで違うらしい。

「なにが違うの？」

そう聞くと、彼女は薬草を採る手を止めて少し考えて、それから目を逸らした。

「それは専門的な話になるわ」

たぶんリルエッタにも分からないことなんだろう。

獣道をゆっくりと登っていく。

薬草を採取しこまめに休憩を挟みながら、リルエッタとユーネの二人に歩調を合わせて遅い速度で進む。

坂はそこまでキツくない。けれど張り出した根っこや柔らかくて湿った地面は歩きにくく、慣れないとかなり体力を使うだろう。そして彼女たちはきっと、こんな道は慣れていない。

そうだ。そういえば、町の地面は石畳ではないか。村にはそんなものなかったから初めて町へ来たときはビックリしたけれど、あの歩きやすい道が彼女たちにとっては普通なのだ。平坦でしっかりしていて綺麗な道ばかり歩いていたら、悪道に不慣れで当然である。

だから、彼女たちが遅れるのは仕方がないのだ。

じりじりと、背中が焦(じ)れるような気がした。

視線を後ろに向ければ、また少し二人と距離が開いている。遅れがちになる二人を待つ間、僕は空を見上げた。枝葉の隙間から覗く陽の位置は、すでに頂点を通り過ぎている。

時間がたつごとに焦りと後悔が大きくなる。ウェインがらみとはいえ、やはりこのパーティの話は断るべきだったかなという気持ちが滲んでくる。

歩みが遅い。ゆっくり歩くからいつもより探す余裕があるし薬草はよく見つけることができるけれど、三人で分けるから結局普段より稼ぎが悪い。水筒も渡してしまったから喉が渇く。

――この二人と組んでも僕には損しかないのではないか。最初から感じていたそんな予感が、確信に変わっていく。

さっきの薬草採取の一件で、二人が真面目なのは分かった。話せば意外といい子たちだってことも分かったし、あのお礼の仕草には目を奪われた。

でもやはりこの体力のなさは、一緒に行動するにあたって問題だ。ムジナ爺さんにパーティを組むときはちゃんと考えろと前に言われたけれど、その通りだった。仲間にするなら僕と同じくらい歩ける人がいい。

帰る時間は動かせない。陽が沈みきるまでに町に戻らないと門が閉まってしまう。……頂上に辿り着いてから、どれだけ時間があるだろうか。

「……ねえキリ。これはとても素朴な疑問なのだけれど、なぜ山を登るの?」

「そうですよー。山でなくっても、坂が少なくって歩きやすい森とかでも薬草はありますよねー?」

追いついてきたリルエッタが口を開いて、ユーネもそれに頷く。

まあ、そういう問いも出てくるだろう。体力のない彼女たちに一番はじめの冒険がここというのは、たしかに厳しかったかもしれない。それは昨日の靴で気づくべきだった。

とはいえ僕にだって事情がある。二人に合わせてばかりはいられない。

「えっと……まずだけど、ここは山じゃなくて丘だよ」

「いえ、山だわ」

「山ですねぇ」

……話の出鼻からくじかれた。僕はくじけないぞ。

「丘だよ。てっぺんが低いし、そもそもここシルズン丘って言うんでしょ？」

前、雨の日にムジナ爺さんが見せてくれた地図には、たしかそう書いてあった。だから間違いなくここはシルズン丘である。山じゃない。

「シルズン山は山よ。丘って誰に聞いたの？　たしかにこの町の近くにあって昔から丘と呼ばれていたから、老人たちは丘って呼ぶし古い地図にもそう書かれているけれど、標高的に山だもの。若い人ならみんなシルズン山って呼ぶわよ」

おおう……と僕は顔を覆う。どうやらこれはリルエッタが正しい。ムジナ爺さんは老人だしあの地図も古かった。

そうかここ、山なのか。どうりで坂がキツいと思った。村の近くにあった山のどれよりも低いから、丘って言われて納得しちゃってた。

冒険者なら丘くらい登れないと、って言おうと思ってたのにな。

「ま……まあ、ここは山かもしれないけれど。その、ここじゃないとダメなんだ」

「どうして？」

リルエッタの目が細まる。昨日買ったばかりなのにすでに泥で汚れた靴で、地面を躙（にじ）った。だいぶん疲れているらしく汗だくで、木の幹に手を突いてなんとか立っているという感じなのに、その視線は棘（とげ）のように鋭い。

素朴な疑問だと彼女は言っていたけれど、なぜ一番はじめなのにもう少し楽なところにしなかったのか、納得のいく理由がなければ怒り出しそうな雰囲気があった。……水筒を渡したときは感謝までしてくれていたけれど、どうやらその効力も時間切れしてしまったようだ。

「短い期間にしか採れない薬草があるはずなんだ」

理由ならある。ただそれは僕の都合で、彼女たちの体力については考えていない。

彼女たちのことを考えるなら、あの河原にでも行っておくべきだった。僕もなにもなければそうしていたと思う。

理由があるから、僕は二人がいてもここに来たのだ。

フゥ、と息を吐く。本当は、まだ話す気はなかった。あの場所は見つけにくいらしいから、期待させるだけ期待させて見つけられませんでした、となるのはバツが悪くなる。とは言え、こうして問われたなら話した方がいいだろう。

「この丘……山の頂上近くに、マナ溜まりって場所があるらしいんだ」

もし僕がこれから伝える説明で納得させられなかったら、二人はここで帰るのだろうか。それはそれでいい、とは思う。僕の方はなんの問題もない。

「値段の高い、いい薬草がたくさん採れる場所でね。前のときはゴブリンの足跡を見つけたから、ここはやめて別の場所に行ったんだけれど……ついこの間、そのゴブリンの群を討伐できたから改めて探したくって」

ウェイン、シェイア、チッカの三人とゴブリン討伐へ行ったとき、群を倒した後にもう残党がいないか探すために足跡を辿ったのだ。その結果、このシルズン山の山頂近くまで続いていたのを確認したのである。

つまり、このシルズン山にゴブリンはもういない。それが分かって、ムジナ爺さんが最初に向かおうとしていたマナ溜まりのことを思い出した。

採れるのはもう一つの方と同じ紫の花の薬草という話だから、採取できる期間は十五日間のはず。まだ、採れるはずだ。

問題は、それがどこにあるのか分からないことなのだけれど。

「あるのは知っているのに、探すの?」

「……うん? うん。詳しい場所までは分からないんだ。そこにあるって教えてくれた人は……もう都に行っちゃったから」

「そういうことね」

リルエッタは唇に指を当てて考え込む。僕の説明に納得してくれたのかどうか、けっこう長い沈黙。

そして。

「わたし、その採取場所を見つけられるかもしれない」

「道が分かるのはここまで。ここで、僕たちは引き返したんだ」

頂上近くまで来て、僕は見覚えのある地面を確かめる。さすがに足跡は判別できるほど残っていないが、たしかにこの場所だった。

ちゃんと覚えている。忘れもしない。すごく恐かった記憶がある。

しゃがめ、と言われてすぐに反応できなかった。残されたゴブリンの足跡を見つけて震えた。ムジナ爺さんの言葉で怒って、戦士さんが剣の柄に手をかけてどうなるかと思った。

今でも、まざまざと思い出せる。

「そ……そう。ここまで、来て、引き返すなんて……とても……慎重な、リーダーだったのね……」

リルエッタが地面にへたり込んで荒い息を吐く。なんだかムジナ爺さんを褒められたようで嬉しいな。それはそれとして、見つけられるかもって聞いて気が逸って、思わずペース配分を間違えてしまったのは反省だ。

「本当にこの辺りで、いい薬草が採れる場所があるんですかぁ……？」

膝に手を突きながらユーネはそう疑う。それは僕も知りたい。

ふぅ、と息を吐いて、袖で汗を拭う。僕もここまで来るとくたびれる。山登りは大変だ。ここは丘じゃないと知ったからか、二人に気を遣いながらだったからか、余計に疲れた気がした。

「どうする？　少し休む？」

「いいえ……すぐ始めるわ」

見るからに疲れているリルエッタだったけれど、彼女は休むことなく取りかかった。

適当に長めの木の棒を拾って、地面に両手を広げたリルエッタがすっぽり入ってしまうくらいの円をかなり正確に描く。その内にさらに円を描いて、東西南北の方向になにかの紋様を描いた。

おお、これは知ってる。本で見たやつだ。

「それって魔法陣？」

「魔術陣よ」

訂正されてしまった。なにが違うのか分からないけれど大切なことなのだろうか。あまりに真剣な顔だったので、それ以上は聞けなかった。

さらに紋様や僕が読めない文字を書き足していき、やがて全て描き終わったのか、リルエッタが一旦魔術陣の外に出る。目一杯に手を伸ばして、さっきの棒を二重円の中心に立てた。

少女が目を閉じる。ゆっくりと深呼吸して集中する。小さな口が、よく聞き取れない、知らない言葉を唱える。

――呪文。古い神代に使われたとされる、力ある言の葉。

細くて小さくて白い手が、棒から離れる。


パタン、と棒が倒れた。


「あっちね」

棒が倒れた方を指さして、リルエッタがそう言う。

「…………………えーっと」

あれ？　それだけ？

なにか光ったりとか、音がしたりとか、よく分からないことが起こったりとかしないのだろうか。

今のって棒を倒しただけじゃないの？

「……なによその顔」

「なにも言ってないけど」

「目が言ってるのよ！」

僕の目、器用だなぁ……。

「もう、見てなさい」

頬を膨らませたリルエッタが棒を拾い、もう一度同じように二重円の中心に棒を立てて、呪文を唱える。……なんだかさっきとは、ほんのちょっとだけ違っている気がした。

棒から手が離される。

「え……?」

思わず声が出た。支えを失ったはずの棒が、倒れもせずにその場で直立していたからだ。

地面に刺さっているわけではない。バランスがよさそうなわけでもない。手を離したのだからすぐにでも倒れるはずなのに、ぐらつきもせず立ち続けるその様子はあまりにも不自然だ。

「探す場所をここに設定したの。今、棒は指し示すことができずに留まっているわ」

説明される。けれどその内容が頭に入ってこない。目の前で起こっている不思議をマジマジ見てしまう。

魔法を見たのはこれが初めてじゃないけれど、こんなにじっくり見る機会はなかった。

「探査対象変更。――キリはどこ?」

リルエッタがそう言ってから、呪文でもう一度言い直す。すると棒が傾いた。パタンと地面に落ちて、先端を僕の方に向ける。

今、僕が探されたのだ。どうなっているのかまったく分からないけれど、不思議としか言えないけれど、これは探し物を見つけることができるものなのだ。

「これが探査の魔術。方角しか分からない一番簡易的なものだけれど、近くにあるなら十分でしょう?」

魔術。

槍の穂先に炎が宿ったり、靴擦れを直したりしたところは見たけれど、物を探すこともできるのか。

「さっき探したのは魔力の濃い場所よ。マナ溜まりって言うからには、局地的に魔力の濃度が高い場所のことなのよね?」

「そう……だと思う」

詳しく知っているわけじゃないけれど、マナが魔力のことなのは分かる。つまりマナ溜まりは魔力が溜まっている場所だ。きっとそうなのだろう。

「……魔法ってすごいんだね」

「魔術よ」

また訂正された。細かい。

なにが違うのかは分からなかったけれど、たぶん重要なことなのだろう。今度からはちゃんと魔術って言おう。

「魔術なら、マナ溜まりを探せる……」

――それより坊主。地図のお勉強だ。ちょうどいいから薬草が採れるマナ溜まりの大まかな場所、一個ずつ教えてやるよ。

あの雨の日に教えてもらった場所は全部覚えていたけれど、古くておおざっぱな地図でこの辺りだと言われただけだ。実際に行ったことはない。

「なにしてるの？　行くわよ」

「大丈夫ですかー？　キリ君も疲れちゃいました？」

二人に顔を覗き込まれ、我に返る。顔があまりに近くって驚いて、ちょっと後退った。リルエッタとユーネが珍妙なものでも見るような目をする。

考え事をしていてぼうっとしていた。……ダメだ。今は冒険中だ。後のことは後で考えればいい。

「ご……ごめん、なんでもないよ。行こう」

僕は考えを振り払うように、先導して歩きだす。探査の魔術が示した方向へ。


結局、僕にできることなんてそうはない。知識も、技術も、経験も、年齢すら足りていない。彼女たちにしてあげられることなんて本当に少ない。

だから、まずは辿ろうと思った。

僕の冒険者の先生――ムジナ爺さんに教えてもらったことを一つ一つ思い出しながら伝えていっ

て、教えてもらった場所を回ろう。彼女たちが他のパーティへ行くまでそうしよう。

それがなによりも、ムジナ爺さんへの追悼になるような気がしたのだ。


最初に杖を倒した場所からけっこう歩いて、もう一度探査の魔術を使い、さらに歩いてもう一度探査の魔術を使った。

山道はまっすぐ進めない。障害物があったり険しい場所は迂回しなければならないから、目的地の方角が分かっていても気をつけないと方向がどんどんズレていく。三回探査したのは正解で、最初の一回だけだったら絶対に辿り着けなかっただろう。

「こんなところを進むんですか──……？」

ユーネがそうぼやくのも当然だ。探査の魔術で棒が示した方向は今までよりも木々が密集して、枝葉が重なり合い蔦なども垂れていて、妙に鬱蒼としていた。立ち入るのに躊躇するほどだ。

けれど。

「うん、ここだ」

僕は確信と共に呟く。

なんというか、感じが同じなのだ。前にムジナ爺さんと一緒に行ったところはすでに枝が払われていて歩きやすかったけれど、そこ以外は緑がかなり濃かった気がする。心なしか空気も同じ気がする。

ここはあの場所と似ている。

「……行きましょう。わたしの探査が示したのだもの。絶対になにかはあるはずだわ」

リルエッタも少し躊躇いはしていたけれど、それでも毅然とそう言った。探査の魔術を使った本人である彼女も、この先に魔力が集まっている場所があることを確信している。

「なるべく歩きやすいところを選んで行くから、ついてきて」

僕は槍を手に、先頭に立って鬱蒼とした藪や枝葉を分け入った。

ナタもムジナ爺さんみたいなククリ刀も持っていないので、手で小枝を折るくらいで通れる隙間を見定めながら進む。その折った枝で蜘蛛の巣を払う。

ヒラヒラしたリルエッタのスカートが引っかかるたびに泣きそうな顔になったけれど、ユーネと一緒に励ましてなんとか連れて行く。

肌で感じていた。暖かくて心地よいような、じわりとちょっとだけ活力が出るような、そんな感覚。

そして、鼻をくすぐる覚えのある香り。

「ああ——ここだ」

思わず声が漏れた。この場所に来られたことが嬉しかった。

「わあ」

チェリーレッドの髪の女の子が感嘆の声をあげる。

「綺麗……」

ふわふわ栗色髪の少女も、それ以外の言葉を失った。

一面の紫の花。

そこだけ木々が生えていなくて、誰にも踏み荒らされた跡もなくて、まるで周りの地形に護られるようにして存在するその空間。ムジナ爺さんに連れて行ってもらったもう一つの場所と同じ、童話にでてきそうなほど綺麗な光景が迎えてくれた。

この世の物とは思えない美しさだとすら感じる。もしかしたら本当にこの世の物ではないのかもしれない。この風景はマナ溜まりという普通の場所ではないところだけに許されるもので、実はどこか別の世界の飛び地なのではないか――そんなことすら考えてしまう場所だ。

「よかった。まだ採れそうだ」

僕は地面に膝をついて紫の花の状態を確認し、ほっと胸をなで下ろす。……そしたら、自然と感謝の言葉が口から滑り出た。

「ありがとうリルエッタ。きみの魔術のおかげでここに辿り着けたよ」

「え――」

驚いた彼女の顔がおかしくって、笑ってしまった。

一人で探していたとして、僕だとしらみつぶしに歩き回るしかなかっただろう。朝に町を出発して山頂まで登って、夜になる前に町へ戻れるよう下山する間の時間で、この分かりにくい地形を探り当

てなければならなかった。

いつかは辿り着けただろう。けれど時期が間に合ったかどうかは分からない。

こんなに早くここに来られたのは、リルエッタがいてくれたからだ。

「た……辿り着くのは当たり前でしょう。魔術は万能なのよ」

その魔術を使ってくれた彼女にお礼を言っているのだけれど。

なんだか照れているみたいで、それが可愛くって、僕はまた笑ってしまった。そしたらリルエッタが腰に手を当ててふくれっ面になってしまって、これはまずいと慌てた。

「あ、あの。キリ君、この薬草はどうやって採取するんですかー？」

「そうだ。早く採らないと日が暮れちゃうね。この花は花弁(はなびら)を使うから……」

横で見ていたユーネが割り込んできてくれたので、僕は仕事に逃げる。実際、もうここにいられる時間はそんなにない。日没の時刻を考えればゆっくりはしていられない。

腰に手を当ててなにか言おうとしていたリルエッタは、むぅ、と小さく唸って、そしてはぁと息を吐いた。どうやらやりすごせたらしくて、ホッとする。

「採取の方法は簡単だよ。ナイフで茎のところを切って採るだけ。ただ来年の種のために半分の半分くらいは残しておかないといけないから、取り過ぎには注意すること。それと花は綺麗なまま冒険者の店まで持っていきたいから、欲張ってカゴに詰め込んじゃダメ」

「なるほどなるほどー」

口早に説明している最中、そういえば二人とも採取法を予習してきたんじゃなかったっけ、ということを思い出した。もしかしたらユーネは、分からないフリまでして助けてくれたのかもしれない。

チラッと横目でリルエッタを見る。魔術士で薬草について知識のある彼女は、僕がしゃがんでユーネに採取の方法を教えている間も立ったまま、紫の花が広がる光景を眺めていた。

やわらかな風が吹いてチェリーレッドの髪が揺れ、それを左手で押さえる。可愛らしい形のいい唇が震えるように、小さく呟く。

「これが……冒険なのね」

その言葉はなんだか、やけに耳に残った。

「へー、爺さんの宝探しか。面白そうじゃん」

かけ声と共に小さな姿が踏み込んでくる。目が嘘くさいから小賢しいフェイントだ。顔を狙うと見せて途中で止め、胴を払ってくる。――この訓練も三日目だ。そろそろ慣れてきたのか、ガキんちょも攻撃に遠慮がなくなってきた。

狙いは悪くない。だが、技と技の繋ぎがまだまだ。見てから反応で十分対応できるし、そもそもバレバレだからなにも恐くない。

無理な体勢で隙が出たところを、遠慮なく踏み込んで鉢金を叩いてやる。

「……ぐぅ」

夜の暗さごしでも悔しそうな顔をするのが分かる。いいな、そういう奴は伸びしろがあるもんだ。

なにせ昔の俺はそういう奴だった。

まあ、この歳のガキんちょなんて伸びしろしかないんだが。

「宝探しって、薬草なんだけど……」

「いいじゃねぇか。マナ溜まりってのは特別な場所なんだろ？　爺さんが遺してくれた情報から宝の在り処を見つけるなんて、なかなか冒険者って感じしてるぜ」

聞くだに面白そうだ。なんなら俺も仲間に入れてくれねぇかな。宝探しなんてメチャクチャ楽しそうだし。

ま、俺は探索系とかマジで役に立てないだろうからやんねぇけど。もうCランクになるってのに、Fランクの足手まといとか恥ずかしくって死ぬかも。

「まあ……うん。そう言われればそうかも？」

難しそうな顔をするなよ。冒険者はそういうところテキトーに生きてるもんだぞ。

「それよりウェイン。叩くときズルしてるでしょ」

「は？」

図星だから変な声出た。

「叩く直前、手の中に枝を引っ込めてる。指で叩いてるんだから枝が折れるわけないじゃん」

うっわ嘘だろ見抜きやがった……！　攻撃されても目を開けたままでいられる訓練、コイツの気質ならまだ時間かかると思ってたのに！

ヤベぇ次の訓練なんかなんの用意もしてねぇ。なにやるかも考えてねぇぞ。

「ほ……ほう、よく見抜いたな。なかなかやるじゃねぇか」

「なんであんな小枝が全然折れないのかなって、ずっと気になってたからね。まさかズルされてるとは思わなかったけど」

謎に対する好奇心が肉体の反射を上回ったのか……！

頭はいいと思ってたが、やりにくいにもほどがある。冒険者の戦士なんて他になにもできないバカがなるもんなのに、なんて面倒くさい奴だ。俺がこれやったときは種明かしされるまで疑問にも思わなかったぞ。

「えー……えっとだな、これは……そう。この訓練はそれを見破れてやっと一段階目ってところだ。一回できた程度じゃまだまだだからな、実戦でできるようになるためにはさらなる段階を……」

「ホントにそういう訓練なの？」

ちくしょう厄介だなコイツ……！　嘘が通じねぇ。

「く、訓練の効果は疑うんじゃねぇ。前衛なら攻撃を食らいながらでも目開けとかないと、脇抜けられて後衛狙われっぞ！」

「むぅ……」

お、やった怯んだ。

あの女術士の二人とパーティを組んだからか、コイツは今やパーティの前衛だ。だからそのヤバさが理解できたのだろう。いやぁ良かった、コイツにあの面倒くさい新人たち押しつけといて。

「でも、あの二人はすぐに他のパーティにいくでしょ」

その言葉はさらりと、当然のことのように。

……あー、と。まあそうか。

「魔法を使える人って珍しいって話だし、あの二人が欲しいってパーティはあると思うよ」

実際、そうなるのだろう。魔術が使えるヤツがパーティにいるとできることにグッと幅が出る。あの小さい方の性格には難がありそうだが、それでも欲しい奴らはいるはずだ。

だからあの二人が、いつまでも薬草採取しかできない奴のところに残る理由はない。……それをこのガキんちょは、正しく理解している。

「つーか、惜しくもなさそうに言うよな……」

「だって僕一人だったら、危ないことがあっても全力で逃げられるし」

前衛はそれがダメだって分かってるんだろうな。逃げるにしても、殿を務めないといけないのが装備の厚いヤツの義務だ。

なるほど一人の方が気楽か。

「んー……」

かけるべき言葉はあるだろうか。教えとくべき話はあるだろうか。心がけさせるべき教訓はないだろうか。

いろいろ考えて、ねぇな、と舌を出した。

流れで組んだ仮のパーティだ。流れで解散すればいい。あの二人には本格的な冒険者活動をする前のいい経験になっただろう。ガキんちょも探していた場所を見つけられてハッピーだ。お互いに良い結果を残せたなら上々である。

「まあ、冒険者続けるならいずれは、お前だって他の奴らとパーティ組むこともあるだろうからな。今のうちにできるようになっとけよ」

「いつか必要になったときのため、ってのは分かるよ」

そうか分かってくれるか。頭いいもんなお前。先を見据えて地道に訓練していくとか、俺はスゲぇ嫌だった。

「でも、いつかじゃなくって今必要になるかもしれないことも教えてくれない？　そもそも僕、攻撃の技って突きと払いしか教えてもらってないんだけど」

「おぅ……そっか」

たしかに攻撃の仕方とか全然教えてねぇわ。適当にやらせて鉢金叩いてただけだもんな。そりゃ、相手してやってる俺自身も物足りないはずだ。

どうしようなんも思いつかねぇ。

「よ……ようし分かった。なら、今日はアレだ。アレ。アレ教えてやる」

「どれ?」

「あーっと、アレだ。うん、アレ」

アレ、アレと繰り返してなんとか自然に時間を稼いで、そして頭にやっと浮かんだ単語を縋るように口に出す。

「奥義」

……コイツには絶対に早ぇ。

言った直後にそう、自分の胸の内だけでツッコミを入れた。

不思議な子に出会った。

その子はわたしよりも小さくて、槍と鎧と鉢金で武装してるのに弱そうで、イメージしていた冒険者とは全然違っていた。

彼よりも下だ、と無礼な冒険者に言われて、カチンときて憤慨した。けれど彼について行ってみれば、わたしは足手まといだった。

町を出発してすぐ靴擦れをしてしまい、戻ることになったのは完全にわたしの落ち度。せめて翌日にそんな恥ずかしい思いをしないよう薬草について予習をしていったけれど、彼より先に見つけることは一度もできなくて、途中からは歩くだけで精一杯でろくに探してもいなかった。

水筒の水をもらって酷い味と言ったのは、半分は悔し紛れ。不味かったけれど飲めないほどではなくて、カラカラの喉が潤って活力が湧く思いだったけれど、それはそれとしてなにか言っておかなければ負けのような気がしたのだ。……素人の彼には必要もない知識なのに、調薬と錬金術の細かい違いを指摘してしまったのも、それと同じ感情のせいだと思う。

あの子の山をドンドン登る姿を見て、すごいと思った。こんなに小さい子でも、冒険者はここまで体力があるのかと驚いた。だけどだんだん、自分を嘲笑うためにに山道を選んだのでは……なんて感じてしまって、問い詰めて。

理由を聞いて、恥じた。

彼には彼の事情があり、考えがある。そんな当たり前のことも思い至らずわたしは一人で、彼を悪者にしてしまっていた。

薬草採取なんて冒険者の仕事としては初歩の初歩。それでもわたしは、そんな不細工な考えをしてしまうほどに、足手まといだった。

「……ユーネ」

「はい、なんでしょうー？」

冒険者の店で薬草を換金してもらい、あの子と別れた後。

もうすっかり暗くなってしまった帰途の道で、友人の神官見習いに問いかける。

「わたし、役に立てたのかしら？」

「そうですねぇ」

大きな帽子をかぶったふわふわ髪の彼女は、唇に人差し指を当てて考える。

「あのマナ溜まり？　の場所を見つけたのはお嬢様なのですし、ユーネよりはお役に立てていたと思いますよー？」

たしかに、それはそう。

あの一件がなければきっと、わたしはみじめな気持ちでこの道を歩いていただろう。なんの役にも立てなかった、ただの足手まといとして。

——ありがとうリルエッタ。

そう言われて、びっくりしてしまった。

初歩の魔術……それも一番簡易な探査で、あんなふうにお礼を言われるなんて予想もしていなかった。あの心から喜んでくれている笑顔を、演技ではないと確信するまでに時間がかかってしまったほど。

魔術を習得して良かったと、思ってしまった。あのお礼一つで、厳しくて長い修行には意味があったのだと感じた。

彼は深く考えず口にしたのだと思うのだけれど。だからこそ純粋に、純朴に、喜んでくれたのだと思い至って、胸の奥からこみ上げるものがあって。

あの笑顔は、反則だと思う。

「ねえユーネ……あの紫の花、綺麗だったわね。素晴らしい光景だったわ」

「はい、それはもう」

ニコニコと、フワフワと、友人の神官見習いは頷いてくれる。

わたしの心も彼女の笑顔と同じくらい、フワフワしていた。

「世界にはもっといろんな、綺麗で素晴らしい光景があるのでしょうね」

「でしょうねぇ」

立ち止まって、夜空を見上げた。今日は朝からずっと雲一つなくて、だから満天の星もよく見えた。星に手を伸ばす。掴(つか)めないのは分かっていたけれど、そうしたかった。

「わたし、その全部を見たいわ」

エルフみたいに千年の寿命があれば、もしかしたら可能かもしれない。でも人間の自分には無理だと分かっている。

けれど見たいものは見たいのだ。そう想うことに、願うことに、なにを憚(はばか)ることがあろうか。

「それなら、まずはたくさん歩けるようにならなくちゃですねー」

くぅ、と声が漏れる。この友人はたまに痛いところをついてくる。

けれどそれは必要だ。わたしの夢は世界中を旅して回らないと叶(かな)わない。それなのにあんなに近くの標高の低い山程度でへばっているようでは、話にならない。

「まあ、しばらくキリ君について薬草採取していれば、体力もつくでしょうー」

しばらく、か。

たしかに自分にはあまり体力がないようだ。だからもう少しだけ、彼と一緒にやるのもいいかもしれない。

自然にそう思えたのは、きっとまだ気持ちがフワフワしているせいだろう。

第三章 魔術への興味

マナ溜まりで採れる紫の花の薬草が咲いている期間は十五日ほど。

ムジナ爺さんやあの若い三人組と一緒にシルズン山を登った日から計算してみれば、もうそんなに残り時間はない。

だから今日も僕たちはシルズン山を登る。

リルエッタとユーネの体力的にはキツいだろうから嫌がられるかなと心配していたけれど、幸いなことにそれは杞憂（きゆう）だった。体力をつけたいからちょうどいいとまで言われてしまったので、どうやら二人ともやる気満々のようだ。

これはたぶんだけれど、あの場所は二人にとっても特別な場所になってくれたのではないか。そう考えれば、なんだか嬉しさがこみ上げてくる。

——けれどまあ、やる気だけでは身体はついてこないわけで。

「この辺で休憩しようか」

僕は一際太く背の高い木の下で、枝葉から覗く快晴の空を仰ぐ。

一回目の休憩からだいぶん進んだし、ここは木陰が涼しくて張り出した根が椅子になってくれる。休むにはちょうどいい場所だ。

「昨日も登ったけれど、やっぱりなかなか大変ね……」

「ああー、お嬢様大丈夫ですかー」

木の幹に寄りかかってしゃがみ込むリルエッタと、その彼女を気遣うユーネ。どうやらこの二人だと、ユーネの方が体力はありそうである。……とはいえ頬を流れる汗を見れば、彼女にも余裕がないのは分かった。

ふむ、と考える。槍を手に周辺を警戒しながら、太陽の位置を確認する。

ペースとしては昨日と同じくらいだろうか。けれど今日はもう目的地を探す必要がなくって、まっすぐマナ溜まりまで行って採取して帰るだけ。となると時間に余裕はあるし、そう急ぐ理由は見当たらない。

今日は風があって気持ちいいし、ちょっとくらい長めに休憩してもいいだろう。

「あ、そうだ。木の上からスライムとかが落ちてくることもあるから、気をつけてね」

「えっ！」

「ひぃっ！」

ふと思い出したことを教えたら、思ったより驚かせてしまった。まさかそんなふうに跳び退くとは思わなかったな。

「いや、さっき確認はしたから大丈夫だけど、一応ね。ここは町の外だから、休んでるときも警戒はするように」

「ス……スライムくらい恐くないわよ！　わたしの魔弾で倒してあげるわ！」

村の神官さんが持ってた勇者様の本に出てきたから、魔弾の魔術は知ってる。魔力の矢を放つやつだ。

けれどどうだろう。それっていいのだろうか。

「上から落ちてきたスライムって頭とか肩に貼り付いているよ。それなのに魔弾なんか撃って大丈夫？　危なくない？」

「うぐっ……」

リルエッタが言葉に詰まる。やっぱりダメそうだ。

ウェインは鎧の下に入り込まれて酷い目に遭ったって言ってたし、そんなふうにくっつかれた状態で飛び道具なんか放ったら自分に当たってしまう。

やっぱり敵は先に見つけるべきだな。そして近寄らないようにしないと。

「キリ君はスライムが落ちてきたことあるんですかー？」

ユーネに聞かれて、僕は首を横に振った。

「落ちてきたことはないかな。でも、出会っちゃったことはあるよ」

「おおー」

なんだか感心されてしまった。

「逃げたけれどね。スライムの足が遅くて助かったよ」

「スライムくらい倒しなさいよ……」

リルエッタが木の下に戻りながら、呆れたようにぼやく。ちゃんと上を見てなにもいないか確認した後、張り出した根にハンカチを敷いて座った。ユーネもおっかなびっくりその隣に腰を下ろす。

スライムは弱い魔物だからそう言われるのも無理はない。でも、あのころは槍も鎧もなかったし、逃げたのは正解だったと思うんだけど……。

今だとどうだろう。スライムは動きが遅そうだし、槍の長さがあれば安全に戦える気がする。ただ、とはいえちょっと恐いな。スライムって槍で突いて倒せるのだろうか。

「たしかに木の上から落ちてきたら魔弾は使えないかもしれないけれど、出会っただけならわたしは倒せるわ」

「うん、そのときはお願いするよ」

魔弾はかなり遠いところから撃てたはずだ。槍よりもさらに安全だろう。どれほどの威力なのかは知らないけれど、本人が倒せると言うのだし、もしスライムに遭遇したらリルエッタに任せてもいい。

けれど、魔弾か。ちょっと気になるな。なんだか格好良さそうだし見てみたい。ここで試しに使ってもらうわけにはいかないだろうか。……ああでも、大きな音とかしたら獣や魔物を引き寄せるかもしれないし、やめた方がいいか。

「リルエッタはどんな魔術が使えるの？」

探査と魔弾。それが使えるのは分かった。けれどそうなると他の魔術についても気になってくる。

魔術ってもっともっといろんなことができるはずだ。それこそ勇者様の物語だと、一瞬で違う場所に移動したり、雷を落としたり、石で大きな船を造ったりしていた。

「さすがにまだ、あまり難しいものは使えないわ。魔弾、灯り、着火、探査、感知、恐怖、魔力抵抗……ってところかしら。今は武器強化を勉強中よ」

「いろんなことができるんだね！」

驚いてしまう。七個。勉強中のを入れれば八個だ。

「当然よ。魔術は万能だもの」

リルエッタは得意気に顎を上げる。魔術は万能。以前も聞いた言葉だ。

魔術を覚えればなんだってできるということか。

「まだ使えないけれど、わたしはいずれ水上歩行や浮遊なども習得するつもりよ」

「水の上を歩いたり、空を飛んだり？」

「そう。行ける場所が増えれば、冒険者として有利でしょう？」

そんなのすごい。川も渡れるし、崖だって登れてしまうじゃないか。本当にどこにだって行けてしまう。

魔術には移動に役立つものもあるのか。だったら、いろんな場所へ薬草採取に行けるのではないか。それこそ、ムジナ爺さんが行ったことがないところへだって。

「魔術ってすごいんだね」

「そうよ。頑張って修行したのだから」

「お嬢様のお部屋には、分厚い本がたくさんあるんですよー」

自分のことではないのに自慢げに、ユーネが胸を張って教えてくれる。この二人は本当に仲が良いんだなって、微笑ましくなって笑ってしまった。

すごいな。魔術もすごいけれど、リルエッタもすごい。魔術なんて絶対に難しいはずなのに、習得したばかりか今もまだ勉強を続けている。

ふと高いところから鳥の鳴き声が聞こえて、見上げると空を鳶(とび)が旋回していた。

雲一つない、抜けるような青空。そんな中をただ一羽、羽を広げて飛ぶ姿は気持ちよさそうで、思わず目で追ってしまう。チラリとリルエッタもユーネを見れば、彼女たちも鳶を眺めていた。

リルエッタはすごい。彼女の魔術はきっと冒険に役立つはずだ。これで体力がつけば冒険者として、あの鳶のように高く羽ばたいていくに違いない。

ユーネだって治癒術士なのだから、その能力は重宝されるだろう。それに彼女の柔らかい雰囲気は冒険者のみんなにも好まれると思う。

術士であるこの二人はいずれ、見上げるほど遠くに行く。気持ちよさそうに空で円を描く鳶を眺めながら、僕はそんな予感がしていた。

——魔術か。いいな。僕も頑張れば、使えるようになれないだろうか。

ムジナ爺さんは僕に、もっとまっとうな冒険者になれと言っていた。冒険者なんて辞めてもいいとも言っていた。

たぶんだけれどそれは、薬草採取ばかりをし続けるなってことだと思う。

できないよりできる方がいいのだから、いろんなことができた方がいい。たとえば畑みたいに薬草も不作の年とかがあるかもしれないし、そういうときでも他にできることがあれば食べていける。

それにやっぱり、探査の魔術はすごく便利そうだなって思ったんだ。たぶんマナ溜まりがある場所は他のところも、ムジナ爺さんから場所を聞いていたとしても見つけづらいところにある気がする。

——それに棒を倒すあの探査ならば、もしかしたら簡単なのでは、なんてこともちょっとだけ考えていた。地面に描いていた魔術陣というのも難しい形じゃなかったし、あれくらいだったら僕でも使えそうだなって。

「だから、魔術を教えてほしいんだ」

無事に薬草採取から戻って、疲労困憊(こんぱい)のリルエッタとユーネの二人と別れた後のことだ。

夕食時の冒険者の店で、僕はさっそくシェイアにそうお願いしてみた。

「おすすめはしない」

すごく面倒くさそうな顔をされた。

「なんで？　魔術ってすっごく便利だよ。万能なんでしょ？」

「……魔術は万能ではない」

僕の問いに、シェイアは首を横に振った。

リルエッタは魔術は万能だって言っていたのに、シェイアからしてみると違うらしい。

「魔術は、魔力を使用して様々な事象を起こすすべ」

店内には他にも冒険者たちがいて、ワイワイガヤガヤと夕食を摂っていた。いつものように騒がしい光景だ。けれど向かいに座るシェイアの声は小さいのに、スルリと耳に入ってくるように聴き易い。

呪文なんて唱えていないけれど、そういう魔術なのだと言われたら信じてしまいそうな、よく通る声。

「つまり魔力でできないことはできない」

「魔力でできないことって？」

今日のシェイアの夕食は魚料理だった。小さめの魚をそのまま塩焼きにしたものが、お皿に山盛りになっている。コップの飲み物はお酒だろう。シェイアは魚介類とお酒が好きだ。

僕は黒パンとクズ野菜のスープ。今日は稼ぎが良かったから、ちょっと贅沢にチーズもつけている。

「これあげる」

シェイアは自分の皿から小魚の塩焼きを僕の皿に一つのせてくれる。

「あ、ありがと」

「これが、魔力ではできない」

……えっと。

「お皿に一品増やす」

そりゃあ、魔術でお腹は膨れないだろうけれど。

でも、そうか。できないことがあるのなら万能ではない。たしかにその通りだ。

「机上でしか魔力を理解していない者は魔術を万能と言う。そして、大抵の魔術士はそういうもの」

リルエッタはまだ冒険者になりたてだから、本に書いてあることを信じすぎているということだろうか。たしかにシェイアの方が魔術士としての技量は上そうだけれど。

「でも魔術はいろんなことができるし、便利だよね？」

むぅ、とシェイアは唸る。魔術が万能ではなくても、そこは否定できないだろう。

「……魔術は危険」

「人に向かって魔弾とかは撃たないよ」

「使用者が危ない」

どういうことだろう。僕が考えて首を傾げている間に、シェイアは焼き魚を一口食べてお酒を飲む。この魚は頭も骨も全部食べられる大きさだ。

「下手に使おうとして失敗すると、怪我しちゃうってこと？」

僕の言葉にシェイアは頷く。

「魔力は扱いが難しい」

なるほど。ウェインも初心者が剣を振ろうとすると、止められなくって自分の足を斬ることになってしまうって言っていた。魔力にもそういうことがあるのだろう。

魔術は本当に難しそうだ。シェイアもリルエッタも本当にすごいんだな。

「じゃあ、やめた方がいいのかな」

探査の魔術が使えないのは惜しい。けれど、扱うのが危険であるならば考えてしまう。

マナ溜まりの場所が分かりにくいところにあったとしても、ムジナ爺さんは自分で見つけたのだから、僕も自分の足で探せばいいのではないか。それで絶対に見つからないということはないだろう。

「むぅ」

けれど、シェイアは腕組みして唸った。眉間にシワを刻んで、目まで閉じて何事かを考えている。なんだろう。なんだかすごく悩んでいる。

「おすすめはしない」

シェイアはもう一度そう言って目を開き、それから気が進まなさそうにこちらを見る。

「けれど、初級までなら教えてもいい」


「えっと……なにやってるのさシェイア?」

夜になって冒険者の店に顔を出すと、とんがり帽子の魔術士がテーブルに突っ伏して頭を抱えていた。

「チッカ」

「ああチッカだよ。で、どうしたの。悩み事?」

「後悔してる」

極度の面倒くさがりの彼女は、話すのも面倒くさがるからいつも言葉が足りない。普通の雑談であればここで話が終わることも珍しくはなかった。

「あの子が、魔術を教えてくれと言ってきた」

話が続くのなら、聞いてほしいということなのだろう。

「それで？」

「面倒くさい」

整った顔をこれでもかってほど歪めるシェイア。ハーフリングの自分から見ても美人だと思うが、この人間の女は性根がもうダメだと思う。

「魔術は危険も伴う。適当には教えられない」

まあ、そういう常識があるだけマシではあるけれど。

「面倒くさいのに断らなかったんだ？」

「……私は、約束は守る方」

ああ、約束ね。――だから面倒くさいけど請けるしかなかったのか。

誰と交わした約束なのか、シェイアは言わなかった。……言わなくても伝わると思ったのであれば、その相手はきっとムジナ爺ちゃんだろう。

あの老冒険者の最期に立ち会ったとき、その場にいた自分たちは彼のことを頼まれてしまったから。

まあ、だからってなにからなにまで世話をしてやったりはしない。そんなものは冒険者のやり方じゃない。今も店の裏手では、食事を終えたチビにウェインが戦い方を訓練してやっているが、あれはあのバカにしては気が利いているやり方だ。ああいう感じの、自分で生きていく方法を教えてやるくらいがちょうどいいのだろう。

魔術を使うというのなら教えてやるのもいい。戦いよりも有用かもしれない。この町だとまだ魔術士に対する偏見も残ってるし肩身が狭くなるかもしれないが、都に行けばかなり重宝される。けれどそれ以上の干渉をしたらダメだ。やめた方がいい。……なぜなら冒険者なんかに、マトモに子供を導くなんてできるワケがないのだから。

「そういえば、そのチビのパーティに入ったあの新人だけどね。面白い噂を聞いたよ」

約束があるからだろうか。それとも別の理由か。

普段、興味のない雑談程度には反応もしないシェイアが、視線をこちらに向ける。

「あの小さい方の子、リルエッタ・マグナーンだってさ」

「海塩の？」

さすが話が早い。シェイアはこの町の人間だから、その名はよく知っているのだろう。

「そう、町の塩田を牛耳る海塩ギルドの長の孫娘。言わば、お塩のお姫さまだ」


灯りの魔術を使う。短杖の先に橙色の光が生まれ、自分の部屋が照らされる。――だいぶん、この魔術にも慣れてきた。

発動自体は容易な魔術だ。灯りはイメージしやすいし、光を発するだけだから難しい術式も必要ない。

ただ光量を一定にして長時間維持しようとすると、これがなかなか難しい。わたしの灯りは波打つようなムラがあって、少し油断するとすぐ消えてしまう。しかし熟練者であればそんなムラもなく安定させたまま、他の魔術を扱うことだってできるのだ。

ふう、と息を吐いて寝台に腰掛けた。

「さすがに、疲れたわ……」

まさか冒険者になって最初にやることが山を登ることとは思わなかったし、それがこんなに疲労するものだとも思っていなかった。

しかも二日連続だ。これで明日も行くのだから心が折れそうになる。とはいえあの紫の花の薬草はもうすぐ採れなくなってしまうのだから仕方がない。体力をつけるためでもあるのだから、しっかりとやるべきだろう。

わたしより小さいキリがやれるのならば、他の冒険者だって当然できるはずだ。だったらこれくらいは最低限で、単純にわたしの体力が劣っているのである。

「キリは、すごいわね」

山を登って降りて町まで戻って来ても、彼にはまだ余裕がありそうだった。もちろん疲れている様子ではあったけれど、わたしやユーネがフラフラだったのに対し彼の足取りはしっかりしていて、正直舌を巻く思いだったほど。

これでスライム相手に逃げ出すほど弱くなければ、もっと素直に賞賛できるのだけれど。

「……いいえ、きっと褒めるようなことですらないのよ」

今日聞いた彼の話が頭に浮かんで、思いなおす。スライム相手に逃げるなんて、やはりいただけない。そんな冒険者がすごいとは、さすがに言いにくい。

魔物退治は重要な仕事だ。町の人々が冒険者に期待する一番の役割はそれだろう。

邪悪な魔物は街道を行く人々を脅かし、海を進む船を沈め、畑や建築物などの大切な財産を荒らす。時には大群となって村や町を襲うこともある。

わたしも塩田に現れた魔物に襲われた人を見たことがあるけれど、両足と右腕をおかしな方へ曲げて倒れる姿を見て血の気が引いたものだ。すぐに教会の治癒術士が呼ばれたが、あの作業員は助かったのだろうか。

そんな脅威を討ち倒し、一般の人々の平穏に貢献するのも冒険者の役割である。だからもっと大きくて凶悪な魔物ならば仕方ないけれど、スライムなどに恐れているようでは冒険者として話にならない。そんなことでは町の人たちが期待する役割をこなしていくことはできないではないか。

「そう考えれば、やっぱり彼は冒険者としては見習いのようなものでしかなくて――」

だって山登りとはいえ日帰りである。冒険によっては、もっと遠く、もっと険しい場所へ行くこともあるだろう。何日も野宿をして前人未踏の地へ踏み込む、なんてこともあるはず。

つまりあれくらいの体力は最低限。冒険者として特に優れているわけではない。

「――わたしは、その見習いにすら届いていない」

雑念のせいで集中が乱れたようで、魔術の灯りが揺らぐ。

「気にくわないわ」

呟いて、下唇を噛む。

冒険者の店で初めて出会ったあの馬鹿面の男……あの男の言葉を認めるのは業腹ではあるけれど、わたしより彼の方が上だという言葉は決してデタラメではなかったのではないか。そう思ってしまって、思わず呟いた。

わたしはその最低限にすら届いていなかった。

いくら魔術が使えたとしても、目的地に辿り着ける体力がなければ役には立たないのだ。……そもそもその魔術だって、まだ初級のものしか使えないのだし。

「頑張らないと」

正直、このまま眠ってしまいたい気持ちは強かった。二日連続の山登りによる疲労に任せて寝台に横になりたかった。

けれどそれではダメだ。わたしにはまだ力が足りないと自覚したのだから。

短杖を手に、呪文を唱える。

灯りの魔術を消さないまま、もう一つ灯りを生み出す訓練。――新しい灯りができると同時に古いものが消えてしまって上手くはいかなかったけれど、難しい魔術行使にバチバチと体内の魔力が暴れて痛み、思わず胸を押さえて悶(もだ)えるけれど、そんなものだ。魔術は易しいものではない。そして上達するには何度でも何度でもできるまで、魔力が続く限り繰り返すしかない。

先は長い。けれど、地道に進むしかない。だから休むのは魔力が切れてからだ。時間は有限で、やるべきことは多いのだから。

「時間は有限で、やるべきことは多い……か」

はぁ、とため息を吐く。

できれば最短距離で進みたい。けれどわたしはマグナーンの者として、冒険ばかりしているわけにもいかなかった。

そろそろ、そちらの方も動き出さなければならないだろうか。……山登りよりも魔術の訓練よりも、それが酷く億劫(おっくう)だった。

第四章

マグナーン

四日目の探索は、まだ陽が高いうちに町まで帰ってこれた。

もちろん歩くペースは遅いし休憩も多い。けれどすでに目的地の場所が分かっているというのは大きくて、迷いなく歩いていければ気分的にも余裕がでてくる。それに加えてリルエッタとユーネが少し山道に慣れてきたのもあって、昨日や一昨日に比べるとかなりいいペースで進むことができた。

町の門をくぐってから、紫の花でいっぱいになったカゴを背負い直す。いつものちょび髭(ひげ)の兵士さんが軽く手を挙げてくれたので、手を振って返した。

今日もなにごともなく成功して戻って来れて、それが嬉しかった。僕がパーティを組むなんて不安しかなかったけれど、なんとかなってくれている気がして誇らしい。

パーティー組んでいるうちは、この二人を無事に帰そう。そんな気持ちが改めて湧いてくる。

「ね……ねえキリ。貴方、三日続けて山登りしてもなんともないの……？」

その声はけっこう後ろから聞こえて、ハッとして慌てて振り向く。リルエッタとユーネの歩みはか

I cheated my age because the Adventurer's Guild only allowed entry from twelve.

なり遅れていた。

町の中に来たから油断していた。無事に帰って来れて嬉しかったし、地面が平面で歩きやすくって、つい普段の速度で歩いてしまった。

もう危険はないだろうけれど、置いていくのはよくない。歩調を合わせないと。

「ごめん。僕も疲れてるけれど、歩くのは前から慣れてるから」

僕の村は山に囲まれていたし、毎日の水汲みでけっこう歩いていた。歩くのも道が悪いのも慣れている。村の子たちとたまに遊ぶときも、あまり遠くには行けなかったけれど野山だったし。

それが普通だと思っていた。けれどこの町でそれは普通のことではないのだ。

僕だってもちろん疲れている。シルズン山は山としては低いし、何度か登ってだいぶん道にも慣れてきたけれど、それでも山には違いない。連日の山登りの疲労が溜まってきていた。

であれば、彼女たちが限界なのは当然だ。町に入るまでは頑張ってついてきたけれど、門をくぐって安心したらへばってしまったとか、そんなところだろう。

「キリ君はすごいんですねえ……」

「田舎者はこれだから……」

まあ、田舎者だからだと思うけどさ。

とりあえずどうしようか。二人に合わせてゆっくり歩くか、あるいは今日はまだ時間も早いしどこかで座って休憩する方がいいだろうか。町中なら危険もない。

ただ大通りで休憩できる場所というとちょっと難しい……というか、知らない。僕はここまで来たらまっすぐ冒険者の店に帰るし。行き交う人の邪魔にならない場所なら座っても良さそうだろうか。

「ねえキリ、せっかくだしあそこで休憩しない？」

「え？」

リルエッタが指で示したのは、大通りの端にある露店だった。


見たこともない黄色い果物が半分に切られると、みずみずしい果肉が覗く。それが搾られると、びっくりするほどの果汁が流れ落ちた。果物二個で受け止めた木のコップがいっぱいになった。

受け取ってお金を払う。ただの飲み物なのに、今日の朝食とほとんど同じ値段。紫の花の薬草を見つけられて懐に余裕があるしいいけれど、ちょっと高いなって思う。

「これ、一度やってみたかったのよね」

コップは返すため、背中のカゴを降ろしてお店のベンチに座って飲む。リルエッタが左端にハンカチを敷いて座って、なんだか困った顔をしたユーネは真ん中にそのまま座ったので、僕は右端。

背もたれのない長椅子は三人で座ると少し狭くて、ユーネの膨らんだ袖が当たってくすぐったかった。

「へぇ、なかなか美味しいじゃない」

果汁を一口飲んで、リルエッタから笑顔がこぼれる。どうやらお気に召したらしい。彼女の水筒はとっくに空だったし、きっと喉が渇いていたのだろう。

「お嬢様……道ばたで飲んだり食べたりするのってー、はしたないって言われちゃいますよぅ……」

「ユーネ、それは古い考え方だわ。このお店はここで搾った果汁をここで飲むようにベンチを用意しているのよ。つまりこの果汁はこうして飲むのが作法なの」

「ものは言いようですねぇ……」

ユーネが困った顔をしていたのは、道ばたで飲み食いするのに抵抗があるかららしい。両手でコップを持って、なんだかビクビクして縮こまってしまっている。

逆にリルエッタは楽しそうだ。さっきの言葉からしてこれが初めての経験なのだろうけれど、見るからに顔が輝いている。よほど露店の果汁を飲むのが嬉しいらしい。

なんだか普段は禁止されていることを、あえてやってる感じ。

「ねぇ、なんで外で飲むのがダメなの？」

「え？」

「はい？」

よく分からないので聞いてみると、二人は不思議そうな顔をした。あれ？　そんな顔する？

「冒険者ならうるさく言わないでしょとは思ったけれど、そもそも知らないなんてね。……でもそうか、たしかに田舎にはそういう風習なんてないかもしれないわ」

「キリ君と一緒にいると、いろんな発見がありますねー」

なんだろう。もしかして二人とも、僕と住む世界が違うのかな。たしかに普通じゃない感じはするけれど。

でも僕の知ってる町の人の普通って冒険者たちだから、やっぱり彼女たちの方が普通だったりするかもしれない。

「貴方にとっては馴染みのない風習でしょうけれど、淑女にとってこういう道ばたでの買い食いははしたない行為なのよ。だから、やってはいけないって言われて育つものなの」

「え？　でも冒険者の女の人たち、普通にやってるの見たことあるよ？」

「冒険者の人たちはあまり気にしないかもしれませんねー。ただ気にする人はけっこういるんですよ。上流階級の人だとかなり白い目で見られちゃいますし、一般の町民でも女性はわりと勇気がいると思いますよー？」

そういうものなのか。村にはそもそも露天商なんてなかったし、そういうの全然気にしてなかったからピンとこないな。

でもそう教えられてよく思い返してみると、たしかに道を歩いていて見る露店では、あまり女の人が食べものを買っている光景を見ない気がした。

「それとあと……ユーネみたいに修道院にいたことがあったりすると、厳しく躾けられます……」

なにか思いだしたのか、ブルリと身を震わすユーネ。修道院は知っている。村の神官さんが昔いたところだ。とても厳しい場所だって言っていた。

そんなふうに震えるほどだったとは。

「あら、神さまだって女性が道で食べたり飲んだりすることを禁じてはいないわ。ただの古くさくって頭の硬い連中のさび付いた価値観よ。わたしはそういうの嫌いだわ」

「そりゃあたしかに、教典でそういう文言は見たことありませんけれどー……」

「うん、そんなお話はなかったよ」

こんなことも気にしなければいけないなんて町の女の人は大変だ。なんだか理不尽な気さえする。よく分からないけれど、そんな変な風習なんてなくしてしまえばいいのに、どうしてそうしないのだろうか。……そんなふうに思いながら、コップに口をつけて果汁を飲む。

——え、すごく美味しい。なんだろうこれ。甘くて酸っぱくて、後味がすごくサッパリしてる。こんなの飲んだことない。

ここの露店はよく見かけていたけれど、利用しようと思った事はなかった。だって飲み物じゃお腹が膨れない。喉が渇いたとしても湯冷ましの水の方が安いし、ここはいつも横を通り過ぎるだけの場所だった。

町ってすごいな。こんな美味しいものがあるなんて知らなかった。

「おや、キリ君はアーマナ神の教典を読んだことがあるんですかー？」

「え？　うん。全部読んだよ」

「……はい？」

なぜかからかうような感じで聞かれて、答えると驚かれた。

「神さまの教典でしょ？　村の神官さんに借りて読んだよ。僕、教典を薄く簡単にしたヤツを写して文字を勉強したし」

「…………大地母神アーマナの子モーハテッゼ＝アウスは無垢なる人の一人に恋をし、常に自分の住まう空からその者を見られるよう、その者の周りだけいつも晴れさせることにしました」

「雨が降らず水に困り土地は枯れ、暑さに乾いて困り果てた無垢なる人が大地母神アーマナに助けを求めると、石が盛り上がり屋根ができ、その無垢なる人は影に隠されました。恋した人を見失ったモーハッテゼ＝アウスは大いに悲しみ、大粒の涙を雨にして大地を濡らしました」

たしかこんな感じだったかな、とユーネがそらんじた内容を引き継ぐ。

これは創世記のお話が書かれた教典の、神さまによって創り出された無垢なる人が導かれていく巻の内容だ。

たしか、中盤あたりにでてくるお話。

「大地母神アーマナの子ヤルフザーグは無垢なる人の一人に鉄と火を与え鍛冶の秘技を教えました

が、無垢なる人は言いつけを守らず秘技をみなへ広めてしまいました」

「無垢なる人々はたくさん鍛冶をしていろんな道具を作ることができましたが、水と大地が汚れてしまい、悲しんだアーマナ神は恵みを枯らしてしまいました」

これはかなり後半のお話。

さすがに神官さんみたいに一言一句間違えずに暗唱するなんてできないけれど、話の流れくらいは覚えている。

神さまに創られた無垢なる人たちはいろんな知識や技術を与えられて、あるいはマネたり盗んだりして、少しずつ神の庇護（ひご）なしでも生きていけるようになっていく反面、無垢なままではなくなっていく。

やがて人間、エルフ、ドワーフ、ハーフリング、獣人などといった種族に枝分かれし、自分たちだけで生きていける強か（したた）さを手に入れた人たちに、神さまたちは徐々に地上を明け渡していった。

「ほ、本当に読んでる……これは本当に読んでますよお嬢様！」

「落ち着きなさい、ユーネ。キリがいたのは田舎の村よ。そんなところに教典が全部揃ってるはずないじゃない」

「あ、なるほどー」

慌てるユーネを諭すように落ち着かせるリルエッタ。年齢も背の高さもユーネの方が上なのに、なんだかリルエッタの方がお姉さんに見えるから不思議だ。

「えっと……どういうこと？」

リルエッタとユーネの会話に首を傾げると、ユーネがフフンと指を立てて教えてくれる。

「アーマナ神の教典はとても分厚いものが何冊もたくさんあるのですよー。一般にも広まってる基本的なものから、教会関係者しか目を通さないようなマニアックなもの、そして司教以上しか持つのを許されない専門的なものまで。キリ君が読んだ物は、たぶん基本的なものなのではないでしょうかー」

「あー、そういうこと」

「そうですそうです。そういうことにしておきましょう？」

なんだかユーネが妙に必死だけど、なんでだろ？　べつに僕がそれを全部読んでいたとしても不都合はないのではないか。

……ああでも、一般人が読んではいけない秘密のものとかもあるのかもしれない。まあ借りるときはちゃんと神官さんに許可を取ったし、そういうのは大丈夫だと思うけれど。

「ちなみに、そういう教典にはどんなお話があるの？」

気になって聞いてみると、ユーネは目を逸らした。

「それはー……それはとても専門的なお話になるので、また今度にしましょうかー」

前にリルエッタも言ってたね、それ……。

やっぱり不思議な子だ。

キリという、冒険者の店で出会った少年。ユーネを挟んでベンチの向こう端に座っている彼は、教典の一節をあっさりそらんじた。

原文のままではなくて分かりやすく簡略化していたようにも聞こえたけれど、だからこそ本当に読んでしっかり理解までしているのが分かる。

もしかしたらユーネより詳しいのではないか。このおっとりとした神官見習いは真面目だから毎日勉強してはいるが、教典を読むとすぐに寝てしまう性質をしているらしい。だから神官見習いとなった今も、未だに基礎教典の暗唱すら怪しかったりする。

冒険者はならず者の集まりのようなイメージが強い。——実際、大半はその通りなのだろう。詩になるような英雄は一握りだけで、多くの冒険者はゴロツキとそう変わらないはず。冒険者の店で最初に会って言い合いをしたあの男など、その顕著な例だ。

けれど、このキリという少年にそんな印象は一切持てなかった。

そもそも弱そうだから、というのはもちろんある。槍と鎧で武装していても、薬草採取のカゴを背負う彼に恐いイメージなど持てない。

でも彼は自分の分の水筒の水をくれるほど親切で、アーマナ神の教典を読んで理解できる教養があり、なにより仕事に対する態度が真摯だった。

正直、冒険者らしくない。なぜ彼が冒険者をやっているのか分からないほどに。彼であれば普通の仕事にも就けると思うし、その方がきっといいのではないかという気すらする。

ただ……一つ言えることがあった。どうやら彼は信用できそうだ。

彼について行って、いろんなことが分かった。

失敗したし、足りない物も知れたし、なにより漠然と抱いていた冒険者のイメージとは全然違う彼の存在そのものが、わたし自身の持っていた偏見を払拭してくれた。

冒険者はならず者まがいのような荒くれだけではなく、彼のような人物もいる。

流れで組むことになったパーティだけれど、そのきっかけになったあの無礼な戦士の男は気に入らないけれど、もしかしたら最初に彼と組めたのは幸運だったのではないか。

まあ――信用はできても信頼できるかは別問題である。彼はきっと、マグナーン商会が望む人物ではない。能力と年齢が足りないのはさすがにどうしようもなくて、それは少し……本当に少しだけ、残念だった。

「む……」

果汁は甘酸っぱくて美味しいのに、役目を思い出してしまって渋い顔になる。

はぁ、とため息を吐く。正直あまり気が進まない。わたしは冒険をしたいのであって、マグナーンのために働きにきたわけではないのだ。

とはいえ、これはわたしが冒険者になるための理由にした建前であり、条件。こなさなければならない仕事でもあった。

「ユーネ、そろそろ観念して飲みなさい。飲まなければ帰れないわ。喉も渇いているでしょう？」

「うう――……はいぃ」

両手でコップを持った神官見習いが、手を動かすのではなく顔をコップに近づけるようにして、おそるおそる口をつける。

途端、顔がほころんだ。本当に分かりやすくて素直な性格である。

「わ、美味しいですねー」

「ええ、外で飲んでも不味くなったりはしないわ」

むしろ美味しく感じるほどだ。それが外だからなのか、疲れて喉が渇いているからそう感じるだけなのかは、分からなかったけれど。

「この果汁、美味しいよね。こんなに美味しい飲み物があるんだ」

キリはこの果汁がいたく気に入ったようだった。一口含んで、大切にじっくり味わってから飲み下すみたいな飲み方をしている。

けっこうな田舎者のようだから、こういう味を楽しむ飲み物にあまり縁がなかったのかもしれない。この果物はこの町の周辺の村で栽培されているものであまり珍しくないのだけれど、気に入ったのならなによりだ。

わたしは彼の顔をじっと見る。

改めて見ても、やっぱり強そうには見えない。意外なほど体力や知識があったりと最初の印象とはずいぶん違ってきていても、それはそれ。頼りがいを感じるか否かという印象はどうしたって見た目の要素が大きく関わってくるし、彼はそういう意味ではちょっと……いやちょっとどころじゃなく全然ダメだ。

さすがに彼はないだろう。見繕うならもっと他の、強そうな冒険者にするべきだ。たぶん誰だってそうするはず。

……とはいえ、である。彼は一応先輩で、現状でわたしたちが唯一知っている冒険者。つまり人脈だった。

だからやはり、マグナーン家としての役目を始めるならばまず、彼をとっかかりにするべきだろう。……大して役に立てている実感もないままに利用するようで、なんだか忍びないのだけれど。

「ねぇキリ」

「なに？　リルエッタ」

わたしはコップを両手で持って美味しそうに果汁を飲むユーネ越しに、キリへと話しかける。

「貴方、下水道の新しい区画を発見したパーティのことって、知らないかしら？」


「な……」

薄暗い冒険者の店は酒場を兼ねていて、広い店内には飲食できるテーブルがいくつもある。

そんなテーブルの一つに陣取って、その冒険者たちは真剣な顔で向かい合っていた。

酷く、ろくでもない理由でだ。

「ウェイン、シェイア、チッカ。この三人が下水道で新エリアを見つけた冒険者だよ」

冒険者の店でキリが紹介してくれたのは、人間で戦士の男性、同じく人間で魔術士の女性、そしてハーフリングで斥候の女性の三人組だった。

「な………」

テーブルを囲んでカードゲームに興じていたらしい三人はどうやら賭け事をしていたようで、各々の手元に銀貨を積み上げている。それぞれの銀貨の横にはコップが置かれていて、クラリとする酒精の匂いが漂ってきた。

まだ夜にもなっていないというのに、このならず者まがいたちはあろうことかお酒を飲みながら、お金を賭けて遊んでいるのだ。

「ようガキんちょ、今日ははえーな。……三枚」

「おかえり。……降りる」

「首尾はよさそうだねチビ。顔見れば分かるよ。……コール」

名前を紹介された三人は順番にキリに挨拶しながら、ゲームを続けていく。

こんなことはすごくすごく、本当にどうでもいいことだけれど——最も勝っているのは魔術士で、二番目は斥候だった。戦士の銀貨は三枚しかなくて、つまり男はたった今、手持ちを全賭けしたところ。

賭け額が決まって、戦士と斥候の手札が開かれる。

「だー！　チクショウまた負けかよ！」

頭を抱えてそう叫んだのは、戦士の男。——前髪の一房だけが白の、濃い茶髪をした背の高いその男性には、見覚えがあった。

「なんでこの男なのよ！」

この店で最初に会ってわたしと口論になった、あの無礼な男だったのだ。

「ほうほうなるほど？　つまり嬢ちゃんたちは俺たちに話を聞きたいと」

「そうなんですよー。実は下水道の新区画の件、商人ギルドでは大変な騒ぎになってましてぇ。素晴らしい大発見だー、これでこの町はさらに発展するー、大手柄な冒険者の英雄に感謝ー、ってそんな話でもちきりですよー。まさか最初にお会いしたお兄さんが御当人だったとは露知らず、失礼な物言いをしてすみませんー」

「ハッハッハ、いいさいいさ。しかし、そうかそうか！　いやぁ、下水道の探索にはけっこう苦労したからなー！」

　ユーネの棒読みで分かりやすい持ち上げにも気づかず、戦士の男は上機嫌で笑う。

　さっきのテーブルは六人で座るには小さかったので、わざわざ三人組には移動してもらって、わたしたちは改めて大きめのテーブルを囲んでいた。

　こちら側の並びはさっきのベンチのときとは違って、ユーネ、わたし、キリの順。対してあちら側は戦士、魔術士、斥候の順で座っていた。――たしかさっきの紹介だと、ウェイン、シェイア、チッ

カだっただろうか。

今は端同士で向かい合ったユーネとウェインが話しているところだ。……本当はマグナーン家の人間であるわたしが主導で話さないといけないのだけれど、向こうにあの男がいる時点で無理だ。どうしてもケンカ腰になってしまうと判断したので、この場はユーネに任せている。

「ユーネたちはその話を聞いて、冒険者ってすごいなー格好良いなーって憧れて、このお店に来たようなものなのです。それでですねー、皆さんにはぜひ、下水道の冒険についてお話を伺えないかなと思っていたんですよー」

「おお、いいぞいいぞ。なにが聞きたい？　やっぱ洞窟ワニのことか？　ヤツら濁った水の中に潜って近づいてくるから、本当に跳びかかられる瞬間まで全然気づけなくってよ……」

さっき賭け事で負けたばかりなのにもう忘れてしまったのか、上機嫌に舌が回るウェイン。最初に会ったときも思ったが、どうやらずいぶん頭が弱い男らしい。

対して、真ん中に座った魔術師の女は不気味だ。この席に座ってから一言も喋らず、背筋を伸ばした姿勢で静かにお酒を飲んでいる。漂ってくる酒精の香りからしてきっとそうとう強い蒸留酒なのに、一切顔色が変わらないのも気味の悪さを増していた。

そして三人目。キリの前に座った小さな斥候は頬杖をついて、面白そうにわたしとユーネを観察していた。目も口元もニヤけているけれど、まるで一挙手一投足の全てを見られているような気分になる視線だ。ハーフリングの感覚は人間よりも鋭いと聞くが、それが全て自分たちに向けられているような気がする。

……ちなみに、キリは居心地悪そうにわたしの隣に座っている。やっぱりダメだったかな、とか思っていそうな表情だ。まあこの三人が下水道の新区画を発見した冒険者というのは本当なのだろうし、紹介してくれた彼には何の非もないのだから、そこは気にしないでくれていいのだけれど。

「下水道のマップについては話せない」

コトン、と小さな音を立てて木のコップがテーブルに置かれた。真ん中の魔術士……シェイアの声は静かなのに、左側の戦士の馬鹿声を押し止めるように響く。

――正直、なかなかやるな、と思った。

「なぜ？」

この場について、わたしは初めて声を発する。……いや、発してしまった。

これは反省だ。これでは、こちらの狙いはそれですよ、と白状しているようなものである。少し彼らの雰囲気にあてられて油断していた。

「すでに領主へ売った後」

なるほど。理由は理解したし納得できる。商人としても尊重すべき話だ。

わたしはチラリとシェイアの隣に視線を向ける。ハーフリング……チッカというらしい斥候は、やれやれと頬杖を解いた。

「正確には、売ったのはここの店主にだけれどね。バルクがちゃんとやってたらそのまま領主に渡ってるはず。つまり下水道新エリアのマップは、領主とバルク、そして実際に隅々まで探索したこの三人しか知らないわけだ。……だからこそ、あのマップは高く売れたんだよ。その価値を下げるようなマネをすれば、あたしたちは当然として店の信用まで下がる。バルクの鉄拳でぶん殴られるハメになるのはゴメンってこと」

ふむ。理由は少しばかりアレだけれど、しっかり守秘義務をわきまえている。冒険者でもちゃんとしている者はいるらしい。

「お金を払うと言っても？」

試すように聞く。

「もちろん断る。冒険者にとって信用ってのは大事なものでね。それがないと、命綱を任せられる奴も任せてくれる奴もいなくなるものさ。どうしてもって言うのなら他の冒険者を雇って探索させなよ。……もっとも、この町の冒険者の店の壁は使えないだろうけれどね」

「そう。いいお話を聞けたわ。ありがとう」

フフ、と、思わず笑ってしまった。今から店を介さずに依頼できる冒険者を見つけて探索させたとしても、さすがに間に合わないだろう。

冒険者は思っていたよりも守秘義務を守る。冒険者の店は、依頼人の利益を損ねるような別の依頼は受け付けない。

存外に、商人の常識は通用するらしい。

「えっと……なにがいい話だったの?」

隣に座るキリが首を傾げている。まあ無理もないだろう。だって、わたしは下水道の地図を手に入れていない。

賢い子だとは思うけれど、田舎者に今の話は理解できないはずだ。

「新しく発見された下水道の区画がどの辺りなのか分かれば、大きな商機に繋がるわ。……例えば誰も知らない内にその辺りの土地を買い占めることができれば、数日待ってるだけで値段は何十倍にもなるでしょう」

「地面に値段がつくの?」

……そこからなのね。キリってやっぱり世間知らずだ。

「まあ、それにはもう間に合わないけれど、これから間違いなく活気づく場所が分かっていればいくらでも抜け駆けができるわ。……でも、そういうのは無理みたい。残念ね」

「そこまで残念そうには見えないけれどね」

チッカはしっかりこちらを見ている。やはり彼女もなかなかやるようだ。

下水道の地図が簡単に手に入るようなら、それこそわたしは残念に思っただろう。その程度の信用もできない相手に商人のやり方は通用しない。その点において、少なくともシェイアとチッカという女性冒険者二人は話せる相手のようだ。

ダメなのは話についてこれていそうにない、目を白黒させている戦士の男のみである。

「ま、アンタがここに来た理由はだいたい分かったよ。どうやら、海塩ギルドは商売の手を広げたいらしいね」

「え……？」

ハーフリングの言葉に、ユーネが露骨に反応する。……わたしも驚いた。彼女ほどではないにしろ、顔に出てしまったかもしれない。

べつに、秘密にしていたわけではないのだけれど。

「どうしてユーネたちが、海塩ギルドから来たって分かったんですかー？」

ユーネが小さく首を傾げて問うと、わたしどころかキリよりも小さいチッカは偉そうな笑みを見せて、またテーブルに頬杖をついた。

「キリに聞いた。そっちのアンタ、リルエッタ・マグナーンって言うんでしょ？　マグナーンなんて名前、この町じゃ知らない者はいないからね」

「え、言って——いっ！」

発しかけた言葉を言い終えることができず、キリの声が途切れる。テーブルの下で足でも蹴られたのだろうか。

ふむ、とわたしは自分の唇に親指で触れる。

今のやりとりを見るに、どうやら彼はわたしたちの名前を教えていないようではある。つまり噂話でも聞いたのか、あるいはわざわざこちらのことを調べたらしい。ご苦労様なことだ。それだけこの冒険者の店で、わたしたちの存在は異質に映ったという証左だろう。

しかし……お粗末な嘘には少しがっかりした。キリみたいに純朴な子を前に、あんな嘘はすぐにバレるに決まっている。冒険者はそんなことも分からないのだろうか——。

「なるほど」

口の中だけで呟く。

チッカのニヤニヤ顔が目に入って、それで察した。あの嘘はバレるのが前提の嘘だ。

見たかったのはわたしたちではなくキリの反応だったか。もしわたしが偽名を使っていれば、彼の反応は違ったはずである。

……まあ、隠すことも後ろめたいこともない。そういうのは勝手にやってくればいい。

「たしかに、わたしの名前はリルエッタ・マグナーン。海塩ギルドの長の孫よ」

ただ向こうが勝手にやるのはいいが、その相手をするのは面倒ではある。思わずため息を吐いてしまってから、わたしは本名をそのまま名乗った。

「でも今は一介の新人冒険者のつもり。先輩方にはぜひ、仲良くしていただけると嬉しいのですけれど」

「マグナーンといえば良くない噂もあるよね」

ほら面倒。

「海塩ギルドの長は自分の子供や孫をいろんなギルドや商会に送り、重役の座にねじ込んでいる。そうやって有利な契約を持ちかけたり、あわよくば乗っ取りを仕掛けようと企てている……てね。ま、取るに足らない風の噂だけど」

「そうね。凪の海風の方がまだ気になるのではないかしら」

くだらない噂には困ったものだ。そんなもの、マグナーンをひがむどこかの商店が流したに決まっているだろうに。

とはいえ、この場ではただ聞き流すわけにもいかない。だって隣にはキリがいる。田舎生まれの彼はいまいちピンと来ていない様子だが、今は仮とはいえパーティを組んでいる相手だし、我が家が悪いことをしているとは思われたくない。

「マグナーンの子は十二歳になって各種ギルドに登録できる歳になったら、他のギルドに修行に出るのよ。海塩ギルドで最初から特別扱いされながら働くより、他のところで下働きしてきた方がモノになるって方針ね」

聞いたところによると、これは海向こうではよく実地されているものらしい。

このやり方なら世間の厳しさを教えられるし、いろんな商家との繋がりもできるし、他のところの手法を学ぶこともできる。わたしもそう説明されたときには、いいことずくめだと思ったものだ。

もっともその制度を採用したせいで、他所に勤めさせるなら無様を晒すわけにはいけないからと、マグナーンの子は人一倍厳しく教育されることになったのだけれど。

「ま、おじいさまの後継ぎはとても優秀な長男がいて、その息子も嫌になるほど優秀だから、マグナーン商会に戻ったって長になれないことは決まってる。出先でいい役職に就けたなら、そのままそこで働き続けることも当然あるわ」

ちなみに実は他所で働きに出るのは男子だけで女子は珍しいのだけれど、それはここでは話さないでおいた。別段重要な話でもないし、言えばさらにわたし自身の説明が必要になってしまう。そんなの面倒なだけ。

「たとえば運送ギルドに行った年の離れたいとこがいるけれど、たしかに重役に納まっているわね。もちろん彼は優秀だけど、その座に就けたのは海塩ギルドの影響が大きいことも否定しない。それで両ギルドがより親密になったのも事実よ。……でもマグナーンのわたしから見たら、貴方が聞いた噂とは逆に映る。運送ギルドがこれからも末永く海塩ギルドとの取引を続けるため、いとこを人質に取っている形だもの」

こんな話、正直あまり興味がない。いとこは立場を利用して上手くやればいいし、それで両ギルドが得するならいい話だ。

くだらない噂はあくまで噂。マグナーンはまっとうに経営努力しているだけである。

「なるほどね。商人の世界は素人だけれど、言いたいことは分かるよ。……それで？　次は冒険者ギルドってこと？」

「そうね」

わたしはあっさりと頷いた。べつに悪いことはしていないし、隠すことでもない。

「塩田に出た厄介な魔物の討伐、都へ向かう隊商の護衛、細々とした厄介事を解決するための人手。海塩ギルドも冒険者に依頼を回すことは多いわ。でも、冒険者って質がまちまちでしょう？　いざというときにマグナーンが頼れる、信用できる腕利きとお知り合いになっておきたいの」

「へぇ、アンタのお眼鏡にかなえばマグナーンから直接の依頼がもらえるわけかい。それはぜひあやかりたいね」

「ええ。もちろん貴方たちには期待しているわ。キリの知り合いなら、多少性格が悪くても信用できるでしょうし……」

戦士の男は最初から最悪の出会い方だったし、チッカはさっきから突っかかってくる。シェイアもほとんど口を開かないので不気味。

正直、あまり印象は良くないのでちょっとした嫌味のつもりだったけれど、三人とも怒ったりはしなかった。むしろ口角が上がった。

性格が悪いのは自覚してるのか。じゃあつける薬はない。

「それに、貴方たちが見つけた下水道の新エリアをきっかけとして、この町はこれから都化が進むでしょう。このヒリエンカの町は、数年後には隣都のエルムフラーレンと比べても遜色なくなるかもしれないわ」

わたしの言葉にチッカが片眉を上げ、とっくに話に置いて行かれていた戦士の男が飲んでいた酒を吹き出す。平静なのは真ん中のシェイアだけだ。どうやら事の大きさを知っていたのは彼女だけらしい。

いや、魔術士とはいえ一人でも分かっていた者がいたのが驚きなのか。

さすがに下水道のエリアが増えただけで都のようになるわけがないから、この情報だけで一足飛びにこの結論に辿り着ける者はいないだろう。

ただ、それはきっかけにはなるのだ。

下水道が通っている場所はヒリエンカの一等地。今まで飽和状態だったその土地が突如広がったのだから、これから大規模な建築工事が計画されることは想像に難くない。人と物が一気にこの地へ集まってくるのなら、今代の領主になってから少しずつ整えてきたものが動き出すには十分な契機になる。

そして、そんなきっかけを起こしたのは他でもなく、テーブルを挟んで座る三人の冒険者だった。

「――貴方たちの働きを発端として、このヒリエンカの町は確実に発展していくでしょう。その功績はきっと箔(はく)になるはずよ。マグナーンにも紹介しやすいわ」

面白い、と思った。

やはり話で聞いていたのとは全然違う。思わず笑ってしまいそうになる。

冒険者はただのならず者ではなく、様々な分野のエキスパートが混在しごった煮になった魔女の鍋だ。

「わたしは商人として、ここに来たのよ」

それは建前ではあるけれど、そちらも本気になってしまいそう。

ユーネが先ほど戦士の男を持ち上げるために言っていた、下水道の冒険者がすごいからこの店に来た、というのは嘘ではないのだ。きっかけは間違いなくそれで、わたしはそのおかげで周囲に反対されていた冒険者になれたようなものである。

冒険者ギルドにも商機はある。……そんな名目がわたしをここに導いてくれたのだから、この三人には感謝すべきなのだろう。

まあ、この三人に自覚があろうがなかろうが関係はない。彼らはそれだけの仕事をしたパーティであるという事実は変わらない。

そして彼らがもたらした変化は、町の住人たちにとって大きな影響を与えるだろう。……それはもちろん、マグナーンにも。

「冒険者は時に大きな商機を呼び込むことがある。その情報をいち早く知れるのは、やはり冒険者でしょう?」

信頼できる冒険者の選定と、商機になりそうな情報の獲得。

つまるところ、それがわたしのマグナーンとしての役目だった。

「なあ、つまり――」

そんな、静かな声を上げた者がいた。名前はなんだっただろうか……この短い間に記憶から薄れてしまったけれど、あの戦士の男だ。

彼は神妙な顔で、なにかよほど大切な事に気づいてしまったかのように口元を手で覆い隠す。

そして……。

「――俺たちはこれから、あの下水道の冒険者って呼ばれちまうってことか？」

…………………まあ、格好良い呼び方ではないけれど。

「たしかにそうかも……うわ、嫌すぎるねそれ」

「端的に最悪」

チッカは両手で頭を抱え、シェイアは苦々しい顔でボソリと呟く。

下水道の冒険者……改めて考えると、初対面の相手に臭いを嗅がれそうな呼び名だ。この戦士の男にはお似合いかもしれないけれど、女性陣には可哀想かもしれない。

「二つ名とか通り名って普通、何々殺しーとか、どこどこ遺跡の開拓者ーとか、そういうカッコいい系だろ……？　なんで俺ら、悪いコトもしてねぇのになんで変な呼び名つけられなきゃならねぇんだ……？」

「ムジナ爺さんは腰抜けだけど？」

「爺さんはいいんだよ。アレは好きでそう名乗ってたんだ」

キリから新しい名前が出てきたけれど、腰抜けという二つ名はいかにもダメそうだ。しかもそれを好きで使うなんて明らかに変人である。詳しく聞くべき相手だとは思えないので、わたしはスルーしておく。

というか、そもそもこの話はただの無駄だ。

「……とにかく、わたしの事情はそれだけ。悪いことはする気がないし、むしろマグナーンとしても新人冒険者としても、ここの人たちとは良い関係を築きたいの。もちろん、貴方たちともね。分かってもらえたかしら？」

強引に話題を元に戻す。そして切り上げるためにまとめる。

下水道新エリアの詳細なマップを手に入れることができなかったのは残念。でも分別をわきまえている者がちゃんといるのなら、冒険者は思っていたより取引できそうだ。……今日はそれらが分かったので十分ということにしておこう。

これ以上ここにいてもこちらの話ばかりすることになるだろうし、それは正直ご遠慮願いたい。マグナーンとしての事情はあくまで家庭のものだから、知られてマズいことはなくとも、根掘り葉掘り聞かれるのはいい気分ではない。

「だいぶん分かったよ。いろいろ聞いて悪かったね。……そうだ。お詫びに、可愛い新人冒険者さんに一つ助言しておこうかな」

こちらがまとめに入ったのを察したのだろう。この三人の中で一番よく喋るハーフリングもこれが最後とばかりに、こちらを見て面白がるような薄ら笑いを浮かべる。

「知っての通り冒険者の質はまちまちだ。だから、パーティの仲間は慎重に選びなよ。大金持ちの孫娘さん」

――……ああ、それは。それは、なるほど有用な忠告だ。

魔術士や治癒士は少なく、冒険者になる魔術士や治癒術士はより少ない。だからパーティはすぐに組めると思っていた。

適当なパーティに入って、しばらくは普通に冒険をして、少しずつこの冒険者の店を知っていこう……なんて考えていたけれど、最初の一歩からもう危ういのだという認識は、たしかに足りなかったかもしれない。

「ありがとう。そうするわ」

助言に対しては素直にお礼を言って、席を立つ。窓の外を見ると、そろそろ夕刻にさしかかるようだ。

まだ昨日よりは早い時間だけれど、暗くなる前に帰れるのならそれに越したことはない。今のうちに屋敷への帰途につくべきだろう。

「キリ。今日はこの人たちを紹介してくれてありがとう。また明日ね」

「あ、お三方もありがとうございましたー。お話、参考になりましたー」

わたしが立つとユーネも立って、三人に頭を下げる。わたしも同じようにした。

礼節は大事だ。損はないのだからやった方がいい。この三人はクセが強そうだけれど、今のところキリ以外で知っている冒険者は彼らだけなのだから、大切な縁である。

「ああ、お前ら実家住みか。マグ……なんとかってのが塩作ってるトコなら、海の方だろ？　ちょい遠いな。暗くなる前に帰っとけよ」

戦士の男にしては意外と紳士的なことを言うが、そもそもマグナーンを知らなかったというのが驚きで呆気（あっけ）にとられてしまう。

「気をつけて」

シェイアは一言だけ。ほとんど喋らなかったから不気味に思っていたけれど、もしかしたら単に口数の少ない人なのだろうか。

「二人とも、また明日」

キリが笑顔で手を振ってくれた。……彼はこれまでの話を聞いて、どう思ったのだろう。わたしの素性を知って、どう感じたのだろう。

少し気になったが、それは明日聞けばいいことだと思い直す。少なくともこの場で聞くようなことではない。

軽くだけれど手を振り返して、ユーネと共にその場を離れる。彼はまた明日と言ってくれたのだから、聞きたいことは明日聞けばいい。

「あ。キリ、これを渡しておく」

立ち去り際にシェイアの声が聞こえて、肩越しに視線を向ける。

テーブルごしに手を伸ばして、キリが彼女から本を受け取るのが見えた。――分厚い本だ。羊皮紙代だけでもなかなかの値段になるだろう。

その本の表紙がチラリと見えて、大きめに書かれた題名も読めた。


『初級魔術書』


「な……――」

思わず踵(きびす)を返した。ユーネが驚いた声で何事かを口にするが、意味は頭に入らなかった。

テーブルまで駆け戻って、キリの手にある本を指さす。

「ちょ……それ、どういうことっ？」

もしやと思ったけれど、見間違いではなかった。表紙に書かれた題名はさっき見たとおりで、それが魔術を習得するための教本であることは疑いようもなくて。

自分でも上手く理解できない感情が、焦りとなって胸を締め付けていた。

「どういうことって……」

キリが座ったまま、わたしを見上げて首を傾げた。

分厚い本を両手に持ったまま、口を開く。

「あの探査の魔術、便利そうだったから教わろうと思って」

こともなげに言う彼の顔にはなんの他意もなさそうだ。悪気もなければ申し訳なさそうでもない。

それがなおさら納得できなかった。

「そ……そんなの、わたしがいればいいでしょうが！」

わたしがテーブルを叩くと、キリはまた首を傾げる。

「でも、リルエッタとユーネとは一時的なパーティなんだから、すぐいなくなっちゃうでしょ？」

う、と声が詰まった。今日初めて言葉に窮した。

それは……たしかにそうなのだ。

彼と組んだのはあくまでなりゆきで、そこの無礼な戦士のせいで、最初の少しの間だけという期限付きで結成しただけの臨時パーティだ。それは最初から双方ともに了解済みである。

だから、わたしたちはすぐに彼のパーティを抜ける。彼が探査の魔術を必要としているのであれば、自分で使えるようになろうという考えは正しい。

けれど、それは。あまりにも。

「ま……魔術を使うには深い知識と長い修練が必要なのよ。そんなにすぐには使えないわ。いいえ、どれだけ訓練しても使えない人だっているのよ」

「え、そうなんだ？」

頑張っても使えないかもしれないのは知らなかったのか、キリが困った顔をする。

ああ、困った顔だ。眉を下げて、手に持った分厚い本を見下ろして……崇高で深遠なる魔術を修得できない可能性を教えてあげたのに、彼の表情はただ、ちょっと便利そうな道具が手に入らないかもしれないという程度の動揺しかなかった。

魔術をなんだと思っているのだろうかと、こちらが驚くほどだ。

「素質と才能がなければ魔術は使えない」

静かで、なのに不思議と耳に入ってくるような、シェイアの声。

「でも、魔術を使える者は魔術を学んだ者だけ」

それは当然だ。だからって引き下がれなかった。

魔術は力であり高尚で崇高な学問。マグナーンのわたしですら、学ばせてもらうこと自体に苦労したもの。

それをただの一般人の、なにも持ってない彼がただ使いたいから学ぶだなんて……。

「魔術の行使には危険が伴うでしょう！」

「私が監督する」

「お金だってかかるわ。その魔術書だって高価なものではないのっ？」

「私のお古。書物は必要とする者のためにある」

「彼に崇高なる魔術を学ぶ資格があると……！」

「魔術士のたわごとに興味はない」

自分も魔術士のくせに、魔術士の全てを敵に回すような言い草をしたその女は……改めて見ると、息を呑むほど整った顔をしていた。――そんな一目見れば分かることに、今更気づいた。

なぜ今までそんなことに気づかなかったのか。そう驚くくらいに美しい顔が厳しい怒気を孕み、今日初めてわたしの方を向く。

ああ……そうか。違う。見てなかったのはわたしではない。彼女が今まで一度もこちらを向かなかったから、初めて正面から見て思っていた以上の美貌に驚いただけだ。

この女は今の今まで、わたしになに一つとして興味を持っていなかった。こちらを見もしていなかった。意識すら向けられていなかったのだ。

「あなたは、うるさい」

ゾワ、と背筋に悪寒が走った。

怖ろしいほどの圧を感じる。思わず二歩も後退するほどの、濃密で明確にこちらに向けられた圧。

視線や声などではない。それだけならこの程度で圧倒されたりはしない。

ここまでの恐怖を覚えるのは、わたしが魔術士だから。相手が椅子に座ったまま、凄まじい量の魔力を練ってこちらに向けていることに気づいたからだ。

その純粋な魔力の大きさ、洗練の度合い、循環速度。明らかに自分より遥か上の存在だと、肌で感じただけで分かるそれに身体が硬直し、声も出なかった。

「シェイア、やめな」

チッカが面倒くさそうに魔術士を窘める。ハーフリングは魔力量は少ないが、感覚が鋭くマナの異変にも敏感だと聞いたことがあった。

本当に短い言葉だったけれど、それで魔力の圧は嘘のように引っ込む。美しい魔術士はさっきまでそうしていたように、また視線を伏せた。

……質の悪い冗談だ。今の圧力が、それで収めてしまえる程度のものでしかなかっただなんて。

「えっと……魔術を教えてもらうのって、そんなに大変なことなの？」

今なにが起こったのか分かっていない様子のキリが、おずおずと質問する。……わたしではなく、シェイアにむけて。

それに答えるのに美貌の魔術士は、むぅ、と難しい顔をした。

「その通りであり、そうではない」

少し考えるような表情をして、数拍の時間をおいてまた口を開く。

「修得は大変。それ以外のことは気にしなくていい」

「……わたし、なにをやっているのよ」

マグナーンの屋敷に帰って、すぐに部屋へ引っ込んだ。

今日の薬草採取の結果は上々だし、下水道の冒険者の話も聞けた。それなりに報告できることはある。

なのに、誰とも話す気になれなかった。

「ああ……もう」

声が漏れる。ちゃんと気づいている。わたしは矛盾している。

冒険者になるのが夢だった。冒険者になれば、いろんなところに行けると思っていた。

まだ見たことのない綺麗な景色がたくさん見られると、胸が高鳴った。

魔術が使えれば冒険者になれると思って、わたしは魔術を学ぼうと考えた。

「なにが、魔術は崇高なものよ」

そう自分に教えたのは、魔術の先生だ。選ばれた者のみが学ぶことを許された学問であり、特別な者のみが使用できる力なのだと言われた。

だからわたしは選ばれた者で、特別な者だった。マグナーンの人脈と資産によって教師を用意することができ、魔術を行使できるだけの素質と才能があったからだ。

「ただの受け売りじゃないの……」

崇高であるはずの魔術は、わたしにとっては冒険者になるための道具でしかなかった。

冒険者になるために学び、修行し、習得したものであり、それは厳しく大変な努力ではあったけれど、崇高かどうかなどどうでもよかったのだ。

魔術士のたわごと。ああ、まさしく戯れ言だ。

力は力で知識は知識で技術は技術。選ばれた特別な者のみが行使できる？　選ばれていなくて特別でもない普通の人が使って見せたら、それは魔術ではないとでも言うつもりだろうか。

「わたしは、冒険者になりたかった」

マグナーンであるわたしが冒険者になれたのは奇跡だろう。下水道の新区画を発見したあの三人のおかげだ。

彼らの反応を見るに、冒険者にとってその発見はつまらないものだったのかもしれない。けれどそれは、町に住む者にとってはどんな金銀財宝よりも価値がある宝だった。

もちろんマグナーンにとってもそうで、わたしはその糸口をもって反対する周囲を説得し、無理筋を通して冒険者になった。

計画してきた。努力してきた。運があった。

「そこまで、してきたのに――」

フツフツと、やり場のない怒りが湧いてくるのが分かった。理不尽だな、と自分でも思ってしまう類のものだけれど、一度湧き出したら収まらない。

ああそうだ。魔術なんてどうでもいい。あんなものはただの技術で、道具でしかない。

あの場でわたしが口走ったのは本当にただの戯れ言で、あのシェイアとかいう魔術士が怒るのも無理はなかった。

あれはただの建前で、わたしの本当に本当の本音はまったく別。

「……こんなに、悲しいとは思わなかったわ」

ポツリと漏れた言葉は、本当に自分の口から出たのかと疑うほどに小さく、弱々しい内容で。

マナ溜まりという、マナが濃い場所を探すために探査の魔術を使って見せた。それがキリにはとても便利そうに見えたのだろう。

それはいい。魔術は万能だ。たかが探査であそこまで喜ばれるとは思わなかったが、彼はとても純朴な人のようだったし、きっととても素晴らしいものに見えたのだ。

――けれど、彼が初級魔術の書を受け取っているのを見て……魔術を教わろうとしているのを知って、わたしは察してしまったのだ。

彼が欲しいのは魔術だけで、わたしは必要とされていないのだ……と。

第五章

獣のように

魔術はオススメできない。

魔術は危険。

魔術は長い時間修行しないと使えない。

魔術は素質と才能が必要。

魔術は崇高。

それだけ並べ立てられれば、魔術を学ぶという行為はなんとなく悪いことをしているような気になってくる。

「悪いことだから、怒ったのかな……」

藁の寝床で目を覚まして、仰向けのまま呟く。夢にまで見てしまった。

まだ陽が昇りきってない、朝の早い時間だ。連日の山登りに戦闘訓練で疲れていて身体を動かしたくないのに、夢のせいで眠気は削がれている。

I cheated my age because the Adventurer's Guild only allowed entry from twelve.

「魔術か……」

勇者様の物語に出てくるすごい魔術に憧れないかといえば、やっぱり憧れはする。けれど、一番使いたいのは探査の魔術だ。ムジナ爺さんから教えてもらったマナ溜まりの場所を全部見つけたい。そのために覚えたいと思った。でも……。

寝た状態から首だけを動かす。シェイアからもらった初級魔術の本は、馬房の土で汚れないよう多めに敷いた藁の上に置いてあった。持ち上げるだけで疲れてしまいそうな、ずっしりと重く厚みがある羊皮紙の束。

「分厚い」

どうだろう。簡単そうだと思った探査の魔術だけれど、それを使うためにはあの本を読んで、さらに長い修行が必要なのだそうだ。

足でしらみつぶしに探すのとどっちが楽か。……危険さに関してならば、長く町の外にいて魔物に出くわすことを考えれば、魔術の方がまだマシな印象があるのだけれど。

昨日のリルエッタとシェイアの言い合いを思い出す。僕が魔術を習うことであんな喧嘩になるのだったらやめた方がいいのではないか。そもそもシェイアだって最初は乗り気ではなさそうだったのだ。

むぅ、と唸る。ハァと息を吐いた。

諦めて身を起こす。頭の中で考えがグルグル回ってしまって、どうやら二度寝は難しそうである。

とはいえ今お店に行っても生の野菜か作り置きの固いパンくらいしか食べられない。生野菜も嫌いじゃないけれど、今は気分じゃなかった。

仕方ないので壁に背をつけて座る。視界の端に初級魔術の本が映って、どうせ暇ならアレを開くべきだとは思ったけれど、今はあの重さを持ち上げる気力が湧かなかった。

リルエッタはなぜあんなに反対したのだろう。シェイアは気にしないでいいと言っていたけれど、それが分からないことにはこの本を開くべきではないと感じる。

きっと、理由があるのだ。リルエッタがあれだけ怒るほどの、理由が。

「つまり、お嬢様はキリ君に引き留めてほしかったんですねー」

出発前にユーネが教えてくれた話に、僕は額に手を置いて目眩(めまい)に耐える。なにそれ。

「えっと……でも、二人はそのうち別のパーティに行くつもりなんだよね？」

「はい。けれどそれはそれとして、行かないでって言ってほしいものなんですよー」

冒険者の店の隣にある武具屋。その店内の隅っこだった。

買おうか迷っている品があるのでちょっとついてきてほしい。そんなふうに言われて、言われたとおり来てみたらこれだ。リルエッタはお店で待っていてここにはいないのに、ユーネはひそひそ声で理不尽な話をする。

「そりゃあ、ユーネたちはあまり役に立ててないですし？　どちらかといえば足を引っ張っている感じですけれどー。さっさとパーティを抜けてくれないかなー、なんて思われながら抜けるより、ずっと一緒に冒険したいーって思われながら抜ける方が気分がよいものなんですよー」

「その考え方はちょっとどうかと思うよ？」

あまりの身勝手さに少し引いてしまう。どっちにしろ抜けるんじゃないか。そんなことなら遠慮なんてせず初級魔術の本を読み始めるべきだった。

……まあでも、言われてみればそういうものかも。僕だって逆の立場ならそう思うかもしれない。

「べつに、二人に早く抜けてもらいたいとかは思ってないよ」

そこは本当だったので、一応言っておく。

「危険があると僕じゃ守れないから、正直恐くはあるけどね。でも二人と一緒だと楽しいし」

最初は厄介だと思っていた。実際、靴のせいで引き返したときはどうしようかと思った。けれど二人とも、最初の印象からしたら意外なほど真面目だったと思う。動きやすい靴を買うべきと言えばそうしてくれるし、水筒が必要だと分かればすぐに用意してきた。山登りにも毎日汗だくになりながらもついて来てくれている。

それにあのマナ溜まりを見つけられたのはリルエッタのおかげだし、一緒に飲んだ果汁はすごく美味しくて新しい発見になった。

なにより……リルエッタとユーネはこの町で初めての、歳の近い友達である。

「……不覚です。今の、ちょっとドキッとしちゃいましたよ」

なんだかユーネが胸を押さえて視線を逸らしたけれど、心臓が痛いのだろうか。

かなり疲れも溜まっているだろうし、身体の不調なら今日はあまり無理させない方がいいかもしれない。

「ま……まあユーネとしては、キリ君とお嬢様さえよければ、しばらく一緒に冒険していたいなって思ってるんですけれどねー」

「そうなんだ？」

「そうなんですよー」

それは意外だった。このまま僕と一緒にいるより、他のもっと強い冒険者とパーティを組んだ方がよほど有利だと思うけれど。

——そして、だからこそ彼女たちが別のパーティに行くのであれば、それを引き留めてはいけないとも考えていた。二人の足を引っ張ることになってしまうからだ。

「実はですねー、マグナーンのおじいさまから与えられたユーネのお役目は、お嬢様をお守りすることなのです。ですので、なるべく危険の少ない冒険を無理なくやっていきたいなー、と。そんなふうに考えているわけでしてー」

ああなるほど。たしかに彼女がそういう立場なら、僕のパーティは抜けない方がいいだろう。なにせ薬草採取しかできない。

そういえばリルエッタに比べてユーネはあまり自分の意見を言わないけれど、一番はじめにウェインとリルエッタが言い争っていたとき、ウェインの言葉に賛同して僕について行こうと言ったのは彼女だった。今にして思えばあの話は、ユーネにしてみれば渡りに船だったのではないか。

「なのでユーネとしても、キリ君にはできればお嬢様を引き留めてほしいという所存なのです。……ユーネが言っても聞いてくれませんのでー」

最後にちょっと情けない言葉があって、彼女が言っても無理なら僕が言っても無理ではないかとも思ったけれど、そういうことなら説得してもいいかもしれない。

そもそも昨日の話では、リルエッタの目的は信用できる腕利きの冒険者と知り合いになることのはずだ。ならば必ずしも彼女たちが危険な冒険へ行く必要はないはずで、なんならウェイン、シェイア、チッカの三人を僕が紹介した時点で目的を達成しているのではないかとすら思う。

仮に引き留めることができて、二人がしばらく僕のパーティにいてくれることになったとしても……うん、リルエッタとユーネにとって問題はなんにもないのだろう。

ただ……懸念材料はあった。

「分かった。やるだけやってみる……とりあえず戻ったら話してみるよ」

僕がそう言うと、ユーネの顔がパッと明るくなる。どうやら彼女は本当に、このまま僕のパーティにいたいらしい。

ただ……僕にもあまりリルエッタを説得できる自信はなかった。

なにも買わずに武具屋から出る。冒険者の店に戻る。

その短い間、僕は腕を組んで困り果てる。——説得、どうしようか。

パーティ構成としてはどうだろうか。実際問題、薬草採取に三人も必要ない。しかも希少な魔術士と治癒術士がいるとか、他の冒険者から見たらもったいないとしか思わないだろう。

金銭的にはどうか。今はマナ溜まりの高価な薬草のおかげで稼げているが、普段の薬草採取はそんなに稼げない。お金のことを考えたら、彼女たちは他のパーティに行って能力を活かした方がいい。

リルエッタはお金持ちの家の子みたいだからそこまで報酬に拘らないかもしれないけれど、どうせなら稼げた方がいいに決まっている。

なら技術を磨くという点でならどうだろう。僕がこれから魔術の勉強をするなら、分からないことがあったらリルエッタが側にいてくれると気軽に質問できて嬉しい。けれど彼女はそもそも僕が魔術を習うことには反対だったし、僕から彼女に教えられることはもうあまりない気がする。

なんというか……改めてこう考えてみると引き留める材料がない。正直困ってしまうほどだ。

そしてさらに重要な問題として……昨日のことがあった。まだ怒っているのか、今朝会ったリルエッタは目も合わせてくれないほどに不機嫌だったのだ。

「ふざけるんじゃないわよ！　二度と話しかけるなこの無礼者！」

――冒険者の店の扉を開けた途端、こんな怒声が聞こえてくるくらいに。


「パーティに誘われたのよ」

おずおずと事情を聞いたユーネに、リルエッタはそう説明した。

不機嫌な顔をさらにご機嫌斜めにし、腕を組んで頬を膨らませている彼女は、こんなときでも背筋はまっすぐで椅子に座る姿勢が綺麗だった。育ちがいいってこういうことなんだなってちょっと尊敬してしまう。

「さっきの二人に？」

店の入り口でリルエッタの怒声が聞こえたとき、またウェインかな？　と思った。けれど視線を巡らせると、怒鳴られていたのは二人組だった。

僕も話したことはなくて、でも見たことはある男の人たち。僕より先輩だってことは知っているけれど、若いしたぶん新人さんだ。装備は二人とも剣と鎧だから、前衛の戦士だろう。

驚いた顔をした彼らはなにか言おうとしていたけれど、リルエッタの本気で怒った顔に怯んだのか、それとも周りからヤジが飛んできたからなのか、結局なにも口にせずバツが悪そうに去って行ってしまった。

普通に毎日見る人たちだから、これからちょっと会うの気まずいな……。

「あの人たちにですかー？　でも、それは光栄なことではないのです？」

僕の隣に腰掛けたユーネが首を傾げる。いつもはリルエッタの隣に座る彼女だけれど、今は怒りの圧力に負けてこちら側に来ていた。

たしかにパーティに誘われるということは、その能力が欲しいと言われたってことだ。受ける受けないはべつとして、それ自体はとてもいいことのはず。少なくとも怒鳴るようなことではない。

「マグナーン目当てよ」

声が恐い。

「わたしたちをパーティに誘いたいって言うから話を聞いていたけれど、少し怪しかったからカマをかけてみたの。そしたらマグナーンのお金や人脈で、いい装備や依頼を回してくれるんじゃないか、って期待してるのが丸分かりの反応だったわ。もう、頭にくるったら」

「あぅ、なるほどー」

「どうやら昨日の会話を聞かれてたみたいね。あの斥候の忠告、ちゃんと聞いておいて良かったわよ」

なんだか分かりたくない話だけれど、チッカの助言が役立ったのは良かったね。

いまだ怒りが収まらないリルエッタと困り顔のユーネを見比べて、僕はため息を吐く。どうやら冒険者にとって、マグナーンというのはとても魅力的に映る名字らしい。お金持ちの家って大変なんだな。

「二人とも戦士さんだと思うし、魔法を使える人が欲しいのは本当だと思うけれど」

僕がそう言うと、ジロリと睨まれる。

「なに？　だからここを抜けてあっちのパーティに行けってこと？」

「そんなこと言ってないよ」

僕は額に手を置いて目元を隠し、リルエッタの視線から逃れる。困った。これじゃうかつに喋れない。

「……まあいいわ。貴方に当たるのは筋違いだもの」

筋違い。

そっぽを向いてそう口にした彼女は不満げで、どこか拗ねているようにも見えた。

「それより買い物は済んだの？　なにを買ったのよ？」

「いえー、見てはきたのですけど、まだ悩み中でしてー」

「そう。なら出発するわよ。グズグズしているとまた帰りが遅くなるわ」

立ち上がり、僕たちの返答を聞くこともなく背を向けて外へ向かうリルエッタ。

それを見た僕はユーネと視線を交わして、首を横に振った。

今は無理、と。

町並みを歩いて、壁の門をくぐり町の外へ出て、街道を外れてシルズン丘……シルズン山の麓に辿り着くまでの間、会話らしい会話はなかった。ここまでは特に隊列も気にしないので、三人で並んで歩いていたにもかかわらず、だ。

正直、気まずい。リルエッタはイライラしているし、ユーネはビクビクしているし、途中の門兵さんには怪訝（けげん）な顔をされるし、やりにくいったらない。

ただ……この無言の時間のおかげで少し、疑問ができた。

「ここから隊列で進もう。昨日と同じく、僕が前でリルエッタが真ん中、ユーネが後ろね」

「分かったわ」

「はいー」

山に入れば道は細くなる。僕がそう指示を出すと、二人は短く返事をして従ってくれた。……こんなやりとりならできるのだけれど。

横に並んで歩けないので、さらに会話はなくなってしまう。それがやっぱり、なんだか嫌だった。

「リルエッタはさ、マグナーンの家のためだけに冒険者になったの？」

だから、浮かんだ疑問をぶつけてみようと思った。

歩きながら考えたのだけれど、お金持ちの家の子であるリルエッタは生活に困っていないのだから、毎日冒険に行く必要ってないのではないか。それこそ気分の乗らない日には、お休みしても大丈夫なはずだ。

けれど今日も彼女は冒険に出ている。あれだけ怒っていて、さらに嫌なこともあって、気分なんてガタガタだっただろうに、リルエッタは自分から立ち上がって出発したのだ。昨日ですら連日の山登りは厳しいって言っていたのに。

「……どうして？」

「真面目だから」

覚えた違和感を短く言い表すなら、これになる。

薬草について予習してきたり、人の助言をちゃんと聞いたり、怒っていても冒険に出発したり。

さっきだって指示にはちゃんと返事して従ってくれた。

彼女はとても真面目な子だ。

だからこそ彼女がなぜ冒険者になったのか、すごく不思議に思ったのだ。

「なによそれ。説明になってないわ」

「う……ごめん」

「それに、わたしに他の理由があっても貴方には関係ないことよ」

にべもなく話題を切られてしまう。彼女はやっぱり不機嫌のようだ。

絶えず周囲に気を配りながら、道悪の坂道を進む。薬草はマナ溜まりで採取するつもりだから道中で探す必要はないけれど、それでもまだムジナ爺さんほど警戒に慣れていないから、進みながら会話するのは難しい。どうしても話と話の間に空白ができてしまう。

「冒険者ってさ、みんなダメ人間なんだって」

ヒヒヒ！　という笑い声が聞こえた気がした。先頭を歩きながら、一つ一つ指折りながら、記憶に残っている言葉を思い出す。

「えーっと、成り上がりを夢見るバカ。毎日コツコツ働くのが嫌なバカ。マトモな場所じゃ絶対受け入れられないバカ。一攫千金(いっかく)頼りのトレジャーハンターバカ。なにも考えてないバカ……だったかな？」

「バカばっかりじゃない？」

多分違うけれど、まあこんな感じだったはず。

「冒険者になる人は、だいたいそんな人たちなんだ。だって普通の人は恐い魔物の相手なんかしたくないから、普通の職について安全に生きることを選ぶ」

僕も一度だけゴブリンと戦った。

錆びた剣を振り下ろされて、鎧の肩当てに当たったたから酷い怪我はしなかったけれど、すごく痛かったし恐かった。

数日たってもう完全に回復した今でも、あのときの肩の痛みと震えるほどの恐怖は鮮明に思い出せる。

「……普通の人が冒険者に依頼するってことはね、自分の代わりに危険な目に遭ってくれってことなんだよ」

まああのときは、ギルドクエストだったんだけれど。

けれどムジナ爺さんに教えられたとおりに毎日確認している壁の依頼書の中には、背筋と心が凍るようなものが多くある。熊よりも大きくて強い魔物の素材が欲しいから倒して来てくれ、なんて依頼は、する方も請ける方もどうかしている気がした。

「達成できたらお金をやる。けれどべつに、おまえが死んでもかまわない。依頼するってそういうことで、依頼を請けるってことはそれを受け入れること」

……なんだろう。こんな話をするつもりじゃなかった。リルエッタに対する違和感の話だったはずなのだけど。

頭の中が整理できていなくて、上手く話せないのがもどかしい。

でも、リルエッタもユーネも僕の話を静かに聞いているようだった。

「生きるためにお金を稼ごうとして、命を賭ける。明日のパンのために、今日死ぬかもしれない危険を冒す。そのおかしさに気づかないふりをしていられるのが——気づいたうえで、そうやって生きることをわざわざ選んでるダメ人間が、冒険者」

細い木の幹を掴んで、自分の身体を持ち上げるように段差を登る。地面に槍を置いて振り返り、僕は後続の二人を引き上げるために手を伸ばす。

「マグナーンの家がお金持ちで、マトモな感覚を持ってるのなら……リルエッタが冒険者になるの、反対されたんじゃない？」

つまり、僕はただ不思議に思ったのだ。

普通に考えて、冒険者になるだなんて言えば反対されそうな気がする。それがいいトコの家だったらなおさらではないか。——なのに、家のために冒険者になったというのはどういうことなのか、と。

なんだか妙に違和感を覚えてしまって、そしたら不思議が少しずつ広がっていった。

ユーネはリルエッタを護ってほしいとマグナーンのおじいさんに言われたらしい。だから今日、僕のパーティに残りたいと言ってきた。……つまりリルエッタの家は彼女が危険な目に遭うことを望んでいないし、冒険者ランクも上げなくていいと思っている。

では、リルエッタの家、つまり海塩ギルドのマグナーン商会のねらいはなにか。昨日の話を思い返す限り、それは信頼できる冒険者や新しい商機の情報を集めることだ。リルエッタはそのために冒険者になったはずである。

なのにリルエッタ自身は、いずれ僕のパーティを抜けて他の冒険者と組むつもりだと言っている。

それはもっと危険な冒険に挑むということだろう。

なんというか、チグハグじゃないだろうか。僕の考えが間違ってなければだけど、リルエッタとマグナーンの家で意見が全然合っていない。

だから……思うのだ。

リルエッタはただ家のために冒険者になったのではない。むしろそれは建前でしかなくて、本当は自分が冒険者になりたいから無理を通してきたのではないか、と。そう、なんとなく思って。

——だとするなら、もう一つ疑問が浮かぶ。彼女はなぜ冒険者になりたいと思ったのか。


パンッ、と手を払われた。


「痛……」

言うほど手の甲は痛くなかった。ただビックリした。

「見損なったわ、キリ」

ものすごくドスの利いた声を聞いて、なんかすごい怒った顔してるリルエッタと目が合った。

今の話のどこに怒ったのか分からず、思わず身体を引いてしまう。

「町の人たちは、みな懸命に生きている」

その口調に、僕は村の神官さんを思い出した。

「漁師は魚を捕って、農家は小麦や野菜を育てて、食べるものを揃えてくれる。木こりが伐った木材と職人が作った煉瓦で大工は家を建て、羊飼いが刈った羊毛で織物職人が服を織る。そしてなにか問題ごとがあったとき、それを冒険者たちが解決する。……そうやって、町は営んでいくのよ」

顔は不機嫌なままだったけれど、リルエッタの声は真剣で、目はとても真面目で、まっすぐに僕に向かっていた。

「自分ではできないことを、できる人に相応の対価を支払ってやってもらう。それが巡り巡って、みんなが助け合い、協力して生きていくことに繋がる。町の全員が持ちつ持たれつなのよ。——依頼を受けた冒険者が死んでもかまわないだなんて誰も思っていないわ。彼らはただ自分たちの日常を守るため、あるいは取り戻すため、もしくは困難な目的達成のために、自分たちが懸命に働いて得たお金を差し出して、どうかお願いしますと専門家である冒険者に依頼するの」

リルエッタの後ろで、ユーネがウンウンと頷いている。それもそのはずで、この話はアーマナ神さまの教典にも似たような話が書かれていた。しかもわりと最初の方だったはず。

人は一人では生きられません。だから助け合い、尊敬しあいなさい。

「自分の代わりに危険な目に遭ってくれ、と冒険者に言っている？　依頼者がそんな卑怯者だとでも思っているの？　卑怯者は貴方の方よ。自分の恐怖心を正当化しようとしているだけじゃない。冒険者として町の営みの巡りに参加しているのならば、それ以外の仕事で同じ巡りに参加している人たちにもっと敬意を払うべきだわ」

リルエッタは怒りにまかせて一気に喋ったからか、そこで息を深めに吸った。

それだけでは足りなかったのかまた息を吐き、もう一度吸う。

「実力が足りないのは仕方ないの。けれど自分が恐いからって、言い訳で他人を貶(おとし)めるなんてしてはいけないことよ。貴方はもっと専門家としての自覚を持つべきよ。普通の人ができない仕事をしているという誇りを持てるような、同じ営みの巡りに参加している人々に敬意を持たれるような、そんな人物であろうとするべきなの。冒険者としてなら、恐がるだけじゃなくって、弱い魔物くらいなら倒してやろうって気概を持たないといけないわ。依頼者は自信もない素人にお金を出したいわけじゃないのよ」

……………すごく。

すごく、まっとうに叱られた。

正論過ぎてなにも言えないほどにまっとうで、自分が恥ずかしくなってくるほど。

それでお金を稼いでいるのだからちゃんとしなさい。――その通りすぎる説教だ。ぐぅの音もでない。

「お仕事は誠心誠意をもってしっかりするものですよー」

ユーネにも追撃された。つらい。

「まあでも、普通の町の子ならそんなものなのでしょうね。ああいえ、キリは田舎の村の子だったかしら？」

苛(いら)つきをどうにか鎮めて、鎮めきれない感情を声に漏らしながら、リルエッタは僕から視線を離した。子供だから。

彼女は僕が段差を越えるためにさっき掴んだ細い木の幹を、同じように握ってぐいぐいと揺らす。

「うらやましいわ。子供の心のまま、なんのしがらみもなく冒険者になれるなんて、自由で。せいぜいこれから精進しなさい」

リルエッタは段差に片足をかけ、手に力を入れ、勢いをつけて地面を蹴る。

「きゃあ！」

「危な！」

「お嬢様っ？」

盛大に足を滑らせて転びそうになったところを、僕とユーネに支えられた。

つまり、彼女は真面目なのだ。

僕はリルエッタのことをそう結論づけた。バツが悪いのか、彼女は転びそうになってから一言も喋らなくて、もう頂上付近まできた今も不機嫌顔のままだ。

休憩中にユーネにどうしましょうかと相談されたほどで、もちろん僕は答えられなかった。

——うらやましいわ。子供の心のまま、なんのしがらみもなく冒険者になれるなんて、自由で。

そう言った彼女の声は嫌味に染まっていたけれど、うらやましいという言葉は嘘ではないように聞こえた。

だから、きっと。彼女が冒険者になるには大人の心にならなければダメで、しがらみがあって、不自由なのだろう。

「……やっぱり、冒険者になりたくてなったんじゃないか」

すぐ後ろを歩く彼女に聞こえない声音で、呟く。僕の中で違和感はもはや確信に変わっていた。

海塩ギルドのマグナーン。その名がどこまでの意味を持つのか、僕は知らない。けれど彼女は普通の町の子ではなくて、もちろん僕のような田舎の子でもない。特別な生まれをして、特別に育ってきた子なのだろう。

だから自由な冒険者に憧れたのだろうか。

「うらやましい、か……」

働くために故郷を出て町に来て、騙(だま)されて奴隷商に売り飛ばされそうになって、逃げた先でたまたま冒険者の店を見つけた僕を、お金持ちの子がうらやましいと言うのか。

彼女は僕の事情なんか知らない。だから彼女にそんなつもりなんてない。そんなことは分かっている。……けれど、どうしても胸に溜まる気持ち悪いなにかが収まらない。

僕らの間に会話はなかった。話しかけられなかったし、話しかけようと思わなかった。

昨日も一昨日も歩いた道を無言で進んで、なにも喋らないから嫌な考えだけが頭をグルグル回って、山道に不慣れなリルエッタの息づかいが荒くなっているのに気づいていてもペースを落とす気になれなくて、少し先行気味に進む。

待てと言われれば待つつもりだったけれど、意地になっているのかリルエッタは口を閉ざしたまま必死な顔でついてきて、これで文句も言わないし投げ出したりもしないのはやっぱり真面目なんだなとは思った。

「…………」

いや、ダメだ。こんなのはダメな気がする。

僕は立ち止まって振り返る。遅れている二人が来るのを待つ。ここは町の外なのだ。僕らの事情なんて魔物は考えてくれない。

無理をしているのか顔を真っ赤にしながら進んでくるリルエッタと、汗だくでフラフラなユーネが近づいてくる。やはり限界が近い。目的地までもうすぐだけれど、もう一度休憩をとるべきだろう。

このまま進んだとして、目的地のマナ溜まりまではなんとか辿り着けるかもしれない。でももしその途中で運悪く魔物にでも出遭ってしまったとしたら、彼女たちは満足に走って逃げることができない。それは本当にダメだ。

短くてもいいから適当なところで一回休憩を入れて息を整えるべき。休んでいる最中はまた無言で気まずい雰囲気になるだろうけれど、それはもう仕方がない。

さて、ではどこで休むのがいいだろうか……この先で腰を下ろすのにちょうど良い場所を思い浮かべながら、道の先へ目を向ける。

そしてそれを見つけて、地面に身を投げるように伏せた。

「しゃがんで！　できるだけ身を低く！」

大声は出せない。やっと追いついた二人にギリギリ届く小声で、鋭く指示する。もう胸に溜まった気持ち悪いなにかなんて吹っ飛んでいた。

「な、なにがあるんですかぁ？　なにもありませんけどー」

リルエッタは不機嫌顔のままだったけれど指示通りにしゃがんで身を低くしてくれて、ユーネがこれでもかってくらいに縮こまりながら説明を求めてくる。

僕は道の先を指で示す。――前に見たことがあるから、気づけた。ムジナ爺さんみたいに目をこらさないと見えないほどの距離ではない。七歩も進んだら踏んでしまうくらいの近さ。

「……ゴブリンの足跡だ」

ムジナ爺さんと三人組の新人冒険者さんたちでこの山を登ったあのときのことがまざまざと思い浮かんできて、目眩いがした。

「本当に？」

リルエッタは地面に手も膝もつくのが嫌なのか、ひらひらのスカートの端を足首の辺りで絞るように手で握って、中腰で近寄ってきた。……やっと話したと思ったら、声には疑いの色が濃く滲んでいる。

「間違いない。横から歩いてきて、僕たちの足跡に合流してる」

背の低い木々の藪を掻き分けるようにして現れた足跡は、僕らの足跡と重なるように方向転換していた。

「わたしたちの足跡ではないの？」

「大きさは似てるけど明らかに数が増えてるし、僕たちは裸足(はだし)じゃないよ」

足跡はここから離れていっている。周囲にゴブリンの姿は見えない。それを確認して、僕も地面に伏せるのをやめて膝立ちになる。

とりあえず今は大丈夫そうだ。少なくともまだ、僕らの姿は見つかっていないと思う。……とはいえ安心はできない。槍をいつでも構えられるよう、持ち手を確かめる。

「数はたぶん、五匹より多くはない。けれど確実に複数」

自分が言ってることに自信が持てない。

道悪の山で、横一列になって歩くなんてことは有り得ない。木々の隙間や段差の緩やかな場所などを選んで進むのだから、基本的に縦一列で移動する。だから足跡は足跡で踏み荒らされ、正確に数を特定することは難しい。二匹から五匹の間より絞ることができない。

ムジナ爺さんはやっぱりすごかったんだ、と改めて感じる。

「はぁー……なるほどたしかにあります。キリ君はすごいですよ、よく見つけましたねー」

素直に感心した声はユーネのものだ。喋り方は緩いがいつもより緊張しているようで、彼女は両手で長柄のメイスをギュッと握っている。

……武器を持つときは力を抜け、とウェインは言っていた。そんなふうにガチガチに握ったらとっさのときに対応が遅くなるじゃないか。

「ふぅん、ゴブリンね。最初の戦闘としては手頃な相手だわ」

その言葉に、思わず耳を疑った。

なんだろう。なんと言ったのだろうか。まさかリルエッタは今、手頃な相手などとのたまったのか？

背筋がゾワッとなった。危険に対する認識が甘すぎる。この少女のことはまだよく知らないことも多いけれど、今たしかに最初の戦闘と言った。ということは実戦経験もないってことだ。

ゴブリンは弱いって言われているし、実際に僕も戦って倒したことがあるけれど――侮っていい相手だなんて露ほども思わない。だってあいつらはちゃんとこちらを殺しにくる。負ければ死ぬのだ。

ムジナ爺さんはそのゴブリンに殺されたのに。

「この先にいるんでしょう？　ユーネ、キリ。しっかりしなさいよ」

「うぇぇ……本当にやるんですかぁー」

彼女がなにを言っているのか分からなかった。ユーネもなぜ準備をしているのか理解できなかった。どうしてこの先に行くつもりなのか。なぜ勝手に話を進めているのか。

「……ダメだ。引き返そう」

絞り出すように僕がそう言うと、二人は驚いた顔でこちらを見る。……なんだその顔。驚いているのはこっちだ。

「どういうことかしら、キリ？」

丁寧な口調。けれど声は冷たくて、隠す気もない怒りがあった。

「ゴブリンは放っておけば悪さをする魔物よ。この辺りに来る狩人や木こりを襲うかもしれないし、街道に出て行商や旅人の荷を奪おうとするかもしれない。以前には町の壁を登って入ってきた魔物だっていたわ。この先にいるのであれば、今のうちに倒しておくべきでしょう」

彼女は真面目だ。とても真面目で、仕事に対して専門家としての自覚を持てと僕に説教をするほどに意識が高い。それにさっきの話を聞く限り町の人たちにも敬意を持っている。だから、そういう思考になるのは当然なのだろう。

けれどダメだ。それは人として、あまりにもまっとうすぎる。チッカの言っていたことがようやく理解できた。彼女は冒険者に向いていない。ダメ人間の素質がない。

だって――これじゃすぐ死ぬ。

「引き返して山を降りる。この先へは向かわない」

彼女の心根は正しくて、その論理は正論で、機嫌は最悪だ。心の片隅で説得は無理だと感じて、けれど僕は譲らなかった。

「ここまで来て？」

「どれだけ来たかは関係ない」

もう山頂付近。マナ溜まりの採取場所はだいぶん近い。僕だってもったいないという気はある。

けれど足跡から読み取れる状況は、きっと最悪。

「見て。僕らの足跡と合流しているところ。あの辺りだけ特にゴブリンの足跡が残ってる。……たぶん、あそこで立ち止まって仲間と相談するようなことがあったってこと。きっとこの道を人が通っていることに気づいたんだよ」

たぶんとかきっととか、そんな自信のない言い方をしてしまうのがもどかしい。ここは間違ってても言い切るべきだったのではないか。

ムジナ爺さんやチッカなら、もっといろいろなことが分かるのだろう。それもかなりの確信をもって言い切るのだろう。自分の能力のなさと要領の悪さが嫌になる。

「ゴブリンどもは僕たちの足跡を辿って行ってる。襲いやすい場所で待ち伏せしようとしてるんだ」

ユーネが目をまん丸に見開き、リルエッタが翡翠色の瞳に疑わしそうな感情を浮かべて、それぞれ足跡を眺める。……これで、納得してくれるといいんだけれど。

状況は悪い。ゴブリンは僕らの存在に気づいているのだ。絶対に引き返した方がいいと頭の中で警鐘が鳴っている。

ムジナ爺さんとこの山に登ったとき、僕らは五人もいたのに下山を選んだ。

ウェインたちとゴブリン討伐に向かったとき、ゴブリンどもはこちらに気づいていなくて、いくらでも戦闘の準備ができた。

今回は三人しかいなくて、ゴブリンはこちらを襲う気で待ち構えている可能性が高い。

「単純に歩きやすい道を選んだだけかもしれないわ」

ギリ、と奥歯が軋んだ。

「そうかもしれない。けれどそう考えて行動するのはただの油断だよ」

「待ち伏せされてるって分かってるなら警戒して行けばいいのよ。いつでも対応できるようにしてればすむ話だわ」

「山は視界が悪いし、ゴブリンは小さい。木や岩の陰に隠れられたら見つけるのは難しい。いきなり襲われたら対応は無理だ」

「多少手傷を負ったとしても、わたしたちにはユーネがいるわ。治癒術士の彼女なら怪我は治せるでしょう」

「僕は治癒術士のことをよく知らないけれど、全滅したら治せないのは分かる」

「ゴブリンは魔物の中でも弱い種類よ。よほどヘタを踏まない限り全滅なんてしないわ」

「僕たちはその弱いゴブリンよりも弱い」

ふぅ、とリルエッタはため息を吐く。呆れた目で僕を見る。

そこにはもはや怒りはなく、いっそ可哀想なものを見るようなそれは、ただただ失望の色をしていた。

「よく分かったわ。貴方がただの臆病者だってことが」

手が痛くなるほど拳を握る。ゴリ、と嫌な音がするほど奥歯を噛み締める。

自分は死なないとでも思っているのか。ゴブリンの振るう武器や爪が綿でできているとでも勘違いしているのか。

「わたしたちは冒険者よ。危険を避けるばかりではなにもできないの」

肩書きなんかで強くなれるはずもないのに、冒険者だからと名札を提げれば危険が避けてくれると思っているのだろうか。そんなの死にに行くようなものだ。

説得は失敗した。もう納得してもらうのは無理だ。

「僕がリーダーだ。君たちは一番はじめに、僕の方針に従うと約束したはずだよ」

最後の手札を切る。——できれば使いたくなかった。

リーダーとして、ほんのわずかでも冒険者の先輩として、新人である二人を上から目線で従わせる。そんな最低のカードを、僕は振りかざした。

リルエッタが眉をひそめる。ユーネですら渋い顔になった。

これで僕と彼女たちとの関係は壊れるだろう。もう二度とこの三人で冒険に赴くことはないに違いない。残念だけれど、嫌だけれど、それは仕方ない。だって僕にはこの先へ進んで、彼女たちを無事に帰せるだけの実力はない。

三人で生きて帰れるのであれば、死なせるよりよほどマシだ。

「そう」

リルエッタの顔から感情が失せた。

二人ともとても真面目な性格だから、効果は疑わなかった。最終手段として間違いなく有効だと思っていた。

「そうよね。貴方にとってわたしたちは、臨時のパーティメンバーでしかない。そしてそれは、わた

したちにとっても同じこと」

彼女はもはや語ることはないとでも示すように、僕に背を向ける。

「パーティ解散よ。行きましょう、ユーネ」

リルエッタは歩き出す。道の先へ。——なんでそっちへ行くんだ。

「ま……待って。方針に従えないなら帰っていいとは言ったけど、進んでいいとは言ってない！」

「パーティを解散したんですもの。そんなこと指図されるいわれはないわ」

僕の制止を意に介さず、魔術士の少女は歩いて行く。進んでいく。

ついてくるなと、その後ろ姿が僕を拒絶する。

「ま、待ってくださいお嬢様ー」

ユーネが慌てて追いかけていく。彼女は困った顔でちらりとこちらを振り向いたけれど、結局僕にはなにも声をかけずにリルエッタと共に行く。

それをただ呆然と、その背中を見送ることしかできなかった。

分かったことは、たった一つだけ。

……僕は、ムジナ爺さんのようにはできなかったのだ。

冒険者になりたかった。

彼らは粗野でならず者まがいの乱暴者で、定職に就かないで昼間からお酒を飲んでいる人たちだと聞いていた。

最初は、そうはなりたくないな、と思ったものだ。最初に聞いたときは呆れたほどだ。

けれどやがて、それはなんと自由なことか、と思うようになった。

海塩ギルドの長であるマグナーン商会。そんな有力商家の娘として生まれたわたしには、なに不自由なく生きていける反面、選択の自由はなかった。この町で生まれたときから、この町に縛られ、この町で骨を埋める生き方しか用意されてない。

まあ、もしかしたら都や王都くらいは行くこともあるかもしれないけれど、せいぜいそこまで。世界中を旅するなんてワガママはできないだろう。

だから冒険者に憧れた。その自由さに触れたかった。冒険者になれば、自由になれると思った。

なのに、わたしはちっとも自由ではなくて。

全然上手くいかなくて、体力的にツラいばかりで、足を引っ張ってばかりで……魔術とマグナーンを抜いてしまったリルエッタという一個人に、価値などなくて。自分を大きく見せようとして偉そうな説教なんてしてしまった。

ゴブリンがいると知って、やっと実力が見せられると思った。

なのに彼は逃げると言い出して、あんな別れ方をしてしまって。せっかくいいところが見せられると思ったのに。

ガサガサガサと、茂みを掻き分けながら二人で山道を歩いていく。

採取場所への道は一旦頂上付近にまで登ってから、ぐるりと回り込むように山の裏側へと向かう形になっていた。相変わらず邪魔な石や根っこなどでデコボコしたり、枝葉が突き出していたりですごく歩きにくい。けれど目的地が間近になると厳しい坂がなくなるので、少しは楽になる。途中にはなだらかな下り坂まであって、やがて山中にしては珍しい広く平坦な地面に出る——この山頂近くのほぼ平らな地形は、たしか山の肩と呼ばれるもののはずだ。

「……足跡、まだありますねー」

先を進むユーネが、地面に視線を落としてそう呟く。

たしかに注意して見れば、靴ではない裸足の足跡があった。人の子供くらいのそれには伸び放題の爪の跡も確認できる。……とはいえ昨日と一昨日のわたしたちの足跡に紛れているし、そもそこまでハッキリ残っているわけでもない。地面は乾いていていてでこぼこで、言われていなければ気づかなくてもおかしくなかった。

そういう点では、真っ先に気づいた彼はすごいのだろう。あれでも一応先輩の冒険者ということだ。

とはいえ――ゴブリンは体躯が子供並みで力も弱く、頭も悪くて魔物の中でかなり弱い部類に入る。ゴブリン程度を恐がっているようでは冒険者として話にならないし、そんな調子では店に寄せられる依頼などほとんど請けられないのではないか。

……ああいや、だから主に薬草採取をやっているのか。

「この先にゴブリンがいるってことね。警戒していきましょう」

隊列はわたしが後ろで、比較的装備が厚いユーネが前。本当なら治癒役の彼女は下がるべきだが、二人しかいないため仕方がない。

まあ、ゴブリンが出てきたら彼女は防御に専念してもらって、わたしが魔術で倒せばいい。それが単純だけど有効な立ち回りだろう。

「もし彼の言うとおりゴブリンがわたしたちを待ち伏せしているとしたら、とんだ低脳ね。わたしたちがこの足跡に気づく可能性を考えていないってことだもの」

「まあ……そうですねぇ。こちらは警戒をしながら行けますからー」

そう。そうなのだ。

必ず敵がいると知っているのだから、警戒していける。なら不意打ちなどくらうはずがない。

やはり彼は臆病すぎるのだ。冒険に危険はつきものなのにあそこまで避けようとするなんて、もしかしたらこの仕事に向いていないのではないか。

「でも警戒しながら進むなら、ユーネたちよりキリ君の方が上手いんですよねぇ……」

「いない人のことは口にしないで」

「うぅ……はいぃ……」

名前を聞いて、抑えきれない苛立ちが声に漏れる。それでユーネを怯(おび)えさせてしまって、わたしはため息を吐いた。

これは、あまり良いことではない。それは分かっているのだけれど。

ユーネの言葉は、たしかに事実なのだろう。

彼は一見小さくて頼りなく見える。が、常に周りを警戒しつつ進んでいたし、すぐに槍を構えられるようにしていたし、それができるくらい山道に慣れていた。

対するわたしたちといえば……そもそも他の山に入ったことがないくらいにこういう場所に不慣れである。

――もう、認めるべきなのだろう。冒険者の店で最初に会ったあの戦士の男の言うとおり、わたしたちは経験が浅く、先輩である彼よりも劣っているのだと。

「……でも、それは現時点の話よ」

うかつにも思考が声に漏れ出してしまった。視線を上げてユーネの背中を見る。彼女はキョロキョロと周囲を警戒しながら、おっかなびっくり歩いている。どうやら独り言は聞こえなかったようだ。

ホッとしながら、自分も周囲を見回す。さすがに山だけあって、木々や藪が視界の邪魔をしていて、死角が多い。特にマナ溜まりである目的地に近いこの辺りは、他の場所より植物が繁茂してより鬱蒼としている。

こういう場所だと、ゴブリンは身体が小さいから身を隠し放題に違いない。どこに潜んでいてもおかしくないとすら思う。

「ひぃぃ……これは、思ってたよりもずっと恐いかもですぅ」

「我慢しなさい。相手はしょせんゴブリンだわ」

弱音を吐くユーネを叱咤（しった）する。

たしかに気持ちは分かる。こんな死角だらけ、身を隠す場所だらけの場所を、確実に敵がいる方向へと進んでいるのだ。いつ敵が飛び出してきてもおかしくはないという緊張の中で動かす足は遅く、ともすれば震えてしまいそうになる。

でも、それではいけない。こんなことで臆病風に吹かれて立ち止まっているようではダメなのだ。

わたしはもっと上に行きたい。行かなければならない。

マグナーンのためにという名目で冒険者になったのは、自由になるためだ。そして自由になるためには、それができるだけの力を示さなければならない。

海塩ギルドの庇護下に戻さなくとも良い、と。

むしろ自由にさせておいた方がギルドとわたしのためだ、と。

そうマグナーンに思わせるだけの材料を揃えなければ、奇跡のように得た冒険者という名の翼はあっさりと毟られてしまう。

「ふん。彼とは元々縁がなかったのよ」

そうだ。よくよく考えれば、彼とこの先も一緒にやっていく選択肢なんて最初からないのだ。ゴブリン程度に逃げ出すようでは話にならないのだし。

臆病な彼がゆっくり慎重に行くのならそうすればいい。けれどわたしは急ぐから、その背を駆け足で抜かしていく。

それくらいでなければならないのだ。

「まったく……パーティの仲間の意見もろくに聞かないで、あんなふうに命令してくる男とは思わなかったわ」

うっかりとまた彼のことを思い出してしまって、連鎖してさっきのことが頭に浮かんできて、どうしようもなくイライラしてしまう。

わたしは魔術士だ。ユーネは治癒術士だ。たしかに彼に比べて体力はないかもしれないが、それを補って余りある結果を出せる魔術を使える。

たしかに彼は冒険者として先輩だし、私たちより上だ。けれどなにが、わたしたちはゴブリンよりも弱い、だろう。魔物の中でも弱いとされているゴブリンと比べて下だなんて、さすがに失礼ではないか。彼はわたしたちの実力なんて欠片ほども見ていないのに。

「ユーネには、キリ君の気持ちも分かるんですけどねー」

「は？」

両手で長柄のメイスを構えて、ビクビクしながらも必死に警戒を続けながら進んでいるユーネの、こちらを振り返らずに発せられた言葉。それが驚きで、思わず聞き返してしまう。

彼のあの態度に、このおっとりした神官見習いは腹が立たなかったのだろうか。

「キリ君、朝に言ってたんですよー。危険があると僕じゃ守れないから恐い、って。そりゃあキリ君って弱そうですし自分も恐かったのでしょうけどー、お嬢様とユーネがいたから余計に恐かったんじゃないでしょうかー」

……それは。けれど。

「それこそ侮辱だわ。わたしたちは冒険者で、パーティの仲間なのよ。信用し、信頼し、協力して困難に当たるべきであって、守ってあげようだなんて思われるのは不愉快だわ」

本当に気に入らない。彼はわたしをどれだけ苛つかせれば気が済むのだろうか。

わたしより小さいくせに、あんなに弱そうで槍も鎧も全然似合ってないくせに、わたしの魔術なんて探査しか見たことないくせに――

「だからキリ君は、ユーネたちをパーティの仲間として認めてくれてなかったんですよぅ」

ユーネは前を向いたままだった。

「だってそうですよねー？　初めての冒険だからお試しにってついて行かせてもらって、大して役にもたたないくせに足を引っ張って、図々しく他の冒険者さんのことも紹介してもらって、なのにすぐ抜けるからみたいな振る舞いをして。そんなふうに、キリ君を次への踏み台みたいに扱ってたのはこちらですしー」

——…………っ！

「信頼を得るなら実績を。信用を得るなら誠意を。マグナーンのおじいさまの言うことは大切ですねー」

彼女の口調はいつもの間延びした調子で……けれどその声は明確に、怒っていた。

「ああ、良かった。見てくださいお嬢様、採取場に辿り着きましたよー」

視界が開け、紫の花が咲き乱れる広場に出る……やっと広い場所に出たからか、ユーネの声は弾んでいる。

——けれども彼女は頑なに、こちらを振り返ることはなかった。

「んー……ちょっと足跡は分からないです。群生した薬草のせいで見にくくて……」

ユーネが彼の見よう見まねで地面から情報を読み取ろうとしている。けれどたくさん自生している薬草の葉が邪魔で、肝心の足跡は見つけることすら困難のようだ。

周囲を見回してみる。視界の範囲に魔物の姿は見つけられない。ゴブリンなら綺麗な花でもおかまいなく踏み荒らしているかと思ったけれど、そんなこともないらしい。

わたしでも分かるのはただ、最近ここで採取した者たちの痕跡だけ。

風が通り抜けた。

紫の花たちが揺れ、甘やかな香りが鼻をくすぐる。この薬草は錬金術の調合材料になるが、香水にも使われるはずだ。花弁を採取するということは、もしかしたらそちらの用途が主なのかもしれない。

心地良い風と、美しい光景と、柔らかく包まれるような香り。

ここでわたしは、薬草採取の依頼をこなしたのだ。――三人で。


「帰りましょう」


漏れ出た声は風に乗って神官見習いの友人へと届く。彼女はやっと振り返った。

「おや、ゴブリンはいいんですかー？」

「わたしたちではこれ以上追えないもの」

「採取はしないのでー？」

「安全確認ができたわけではないわ。カゴが満杯になるまでずっと、手元を見ながら周囲を警戒できる？」

考えたそぶりも見せずユーネは首を横に振った。当然だ。町育ちで冒険者としても未熟なわたしたちにそんなことはできない。

「キリ君ならできるかもしれませんけど……そうですね。帰りましょうかー」

彼なら——できるのだろう。なにせソロで採取依頼をこなしていたのだ。できて当然である。

つまり、そういうこと。わたしが本で予習した方法で手元を見ながら薬草採取しているとき、彼は周囲に危険がないかを気にしながら同じ作業をしていたに違いない。

歩いている最中もそうだ。休憩しているときだってずっとそうだった。こうして山中で彼と離れて、やっと理解した。わたしたちは冒険の最中ずっと、彼に守られていたのだと。

「今から急げば、彼に追いつけるかもしれないわ」

「それは無理かとー。キリ君の方が足速いですから」

小さな笑いをこらえるようにユーネが指摘してくる。……下唇を噛んで耐えた。これでは現状を冷静に判断できていないことが丸分かりだ。

気が急(せ)いているのは自覚している。もう一度、彼に会わなければならないという焦りが胸中で燻(くすぶ)っている。会ってなにを言うべきなのかは分からない。それは歩きながら考えなければならないが、その考えがまとまらなくても会わないという選択肢はない。ただ、彼とこれっきりというのだけはダメだと感じていた。

とはいえ……ユーネの言うことは正しい。彼は明らかにわたしたちのペースに合わせていたし、今からどれほど急いだとしても彼の背中を見ることはできないだろう。

「……冒険者の店にはまだいるでしょう」

「どうでしょうね。お家に帰ってしまっていたらどうしますー?」

そういえば、わたしは彼がどこに住んでいるか知らない。田舎の出だと聞いているし、家ではなくてどこかの宿に泊まっている可能性もある。食事は冒険者の店で食べていたから、もしかしたらあの店で部屋を借りているのかもしれない。……いや、もしそうだとしたら彼の親御さんはどこにいるのだろうか、という疑問がでてくる。少なくともわたしはまだ見たことがない。というか、そもそもなぜ彼はあんなに臆病なのに、冒険者として一人で町の外に出ているのか。

分からない。分からなくて、一度気になると次々と疑問が湧いてくる。

こんなに不思議なのに、なぜこれまで気にならなかったのだろう。どうして気にしなかったのだろう。

歩きながらでも、休憩中でも、採取の最中でも、屋台で果汁を飲んだときだって、聞くタイミングなどいくらでもあったはずなのに。

「彼は目立つわ。きっと家がどこかくらい、知ってる人はいるはず」

絶望しそうになるのをこらえる。思わず膝を折りたくなるけれど、それはあまりにも不誠実すぎる。なんて愚かな話だろう。ずっとわたしたちを護ってくれていた彼をわたしは踏み台として扱っていて、それなのに仲間の意見がどうとか喚(わめ)いていたのだろうか。そんなの仲間として扱われるはずがないのに。

間違えた。失敗した。やってしまった。自己嫌悪でどうにかなりそうになるけれど、彼ともう一度会うまで蹲るわけにはいかない。

「そこまでするんですねぇ」

クスクスと今度こそ小さく笑って、ユーネがからかうように言ってくる。——たしかに住んでいる場所を探し出して訪問までするなんて、普通はしないか。

まったく、性格が悪い。

「……そこまでするわ。もう一度会う必要があるもの」

笑われても考えは変わらなかった。踵を返して来た道を戻る。早く戻らなければいけない。

——わたしは、間違ったことを言ったとは思わない。ゴブリンから逃げてるようでは冒険者として話にならない。

けれどよくよく考えてみれば、彼がわたしたちを戦力として数えなかったのは当然なのだ。普通の人にとって魔術とは、よく分からない得体の知れないものなのだから。

わたしは探査しか魔術を見せておらず、ユーネは靴擦れを治しただけ。少しだけ自分の魔術でなにができるか話したことはあるけれど、それで戦力として見なせというのは無理な話だろう。

わたしにちょっとでも理解しようという心があれば、簡単な話だったのだ。あのときの彼はリーダーとして当然の判断を下しただけで、なにも間違ってないのだから。

ユーネに指摘されて冷静さを取り戻した今なら分かる。——悪かったのはわたしの努力不足。信頼と信用を得るための努力を怠ったわたしを、彼がアテにしてくれるはずがない。

どんな失敗よりもショックだった。

靴擦れで出発してすぐ引き返したことも、水筒の水をもらったことも、格好をつけて説教した後に段差で足を滑らせたことも、これに比べれば些細（ささい）なことに思える。

冒険者として未熟なのは仕方がない。けれど商人の子として生まれたのに、商人としての基本が一つもできていなかったのはなにも言い訳できない。

彼にとってわたしは、ただのワガママなお客さんでしかなかったのだ。

戻って彼と話をしよう。じっくりと時間をかけて、今度こそ。

まだなにを言えばいいのかまとまらないけれど、いまさら遅いかもしれないけれど、このままで終わりにするわけにはいかない。

「——お嬢様っ！」

普段では考えられないほど鋭い、ユーネの声。それに被さるように、獣と人の中間のような叫び声がして。

木陰から飛び出してきたゴブリンの棍棒（こんぼう）が、わたしに振り下ろされたのだ。

油断していた。気を逸らしていた。彼のことばかりが気になって、その危険の存在を蔑ろにしていた。

少し考えれば分かることだ。わたしたちの目的地はここで、昨日と一昨日の足跡はこの場所で引き返している。

ゴブリンがわたしたちの足跡を辿っていて、なおかつ道中での待ち伏せがなかったのなら――この場所に隠れ潜んでいて、襲うタイミングを計っている可能性が高い。

油断しなければ勝てると思っていた。奇襲さえ受けなければ大丈夫とたかをくくっていた。

わたしは油断して、奇襲を受けた。


とっさに短杖で棍棒を受ける。魔術をいつでも使えるように手に持っていたそれは、魔術のためではなく物理的に身を守るため使われた。

ガンッ、という強い衝撃が走った。杖を持つ手がジーンと痺れ、短杖の一部分がへこむ。

ゾッとする。なんだこれは。ゴブリンは力が弱いという話ではなかったのか。こんなに威力があるとは聞いていない。こんなのに一撃でも当たったら、骨が折れるだけではすまない。

「下がってください、お嬢様――きゃあ!」

ユーネがわたしとゴブリンの間に割り込もうとする。けれど新たに短剣を持ったゴブリンが二匹も藪の陰から現れ、彼女に襲いかかる。

「ユーネ！　こ……のぉ！」

短杖を構える。魔力を練る。呪文を唱える。

魔術を発動する前に、下から振り上げられた棍棒が短杖を弾き飛ばす。

「あ……——」

目が合った。

イボのある鷲鼻。浮いた頬骨。黄ばんだ乱杭歯。醜い顔をした緑肌の魔物。口角を吊り上げ、弱者を嘲るように見下ろすその目は、まごうことなくわたしへ向けられていた。

死ぬ。そう悟って、でも足は動かなくて、痛みで痺れる手がやたらジンジンして、頭が真っ白になった。

死ぬ。

殺される。

終わる。

「助けて——」

棍棒が振り下ろされる。

身体が動かなくて、目を閉じることすらできなくて、わたしはただその光景を見た。

ゴブリンの首から槍の穂先が突き出てきた、その光景を。


スゥ、と息を吸った。

フゥ、と息を吐いた。

息を吸い、息を吐く。それを繰り返す。

一つ息を吐くごとに、余計な感情をそぎ落としていく。

一つ息を吸うごとに、心の純度を上げ向きを修正していく。

リルエッタとユーネは行ってしまった。パーティを解散し、ゴブリンが待ち伏せているかもしれない先へと進んで行った。

彼女たちは僕を置いていった。ついてくるなと暗に語っていた。僕はただ立ち尽くすことしかできなかった。

——けれど、どうしても一人で帰る気にはなれなかった。

足は後退を拒否し、渇いた喉は怒号を上げよと訴え、強張(こわば)った身体は頑なに進むべき先を向いてい

た。

「……僕は、ムジナ爺さんのようにはできなかった」

フゥ、と息を吐く。足の震えが止まる。

ムジナ爺さんはちゃんとリーダーだった。あの三人組を止めてみせた。あのときは五人もいたのに、みんなで下山を選べた。

僕には彼女たちを説得することができなかった。たった二人で進ませてしまった。

スゥ、と息を吸う。背負いカゴを外して、獣道の脇に投げ捨てた。……あれはもう、今日はいらない。無事に帰れたならそのときに回収すればいい。

「それでも、今回は、あのときとは違う」

ギリ、と力一杯に槍を握りしめる。ガリ、と歯が軋むほどに噛み締める。

思い返すのは怒りの記憶。心が焼け爛(ただ)れるような、どうしようもない激情の衝動。

僕は、これから死にに行く。……そのために足を動かす原動力など、怒りという感情の他に知らなかった。

息を吐くごとに他の感情を捨てていく。

息を吸うごとに憤怒(ふんぬ)の薪をくべる。

「なにも知らないまま終わっていた、ムジナ爺さんのときとは違う！」

湧き出る怒りに染め上げた心のまま、足を踏み出す。そのたった一歩を動くまでにずいぶん時間がかかった。けれど踏み出せば、次の一歩はすぐに出た。

向かう先を睨む。先へ進んだ背中を追いかける。

二人を行かせてしまって後悔した。だから反省しよう。僕は間違っていた。まだまだ全然、冒険者として甘かった。

ムジナ爺さんのようにできなかったのは仕方がない。けれど、だったら他のダメ人間たちを参考にすれば良かったのだ。あの場面をウェイン、シェイア、チッカの三人だったらどうしていたかなんて、考えるまでもない。

冒険を甘く見るド素人など、首根っこを掴んで引きずってでも下山させるべきだったのだ。

「あの分からず屋！」

さらに怒りの薪をくべる。足は加速し、ついに走り出す。

駆ける。駆ける。駆ける。

頬を小枝が打つのもかまわず、身を低くして獣のように疾駆する。

自分の中の酷く冷静な部分が計算している。ゴブリンどもが待ち伏せていたとしても、前を行く二人に注意がいっているはず。多少音を出したところで僕が見つかることはない。

動き出すのにかなり遅れてしまった。何度も頭を最悪の光景がよぎり、そのたびに振り払う。

可能な限りの全速力で走る。

上り坂を蹴り上がり、なだらかな下り坂をころがり落ちるように抜けて、木も草もやたらと生い茂る獣道を縫うように走破して。

「――――――っ！」

目の前に現れた光景に、僕の怒りは限界を超えた。

紫の花が咲き誇る広場にリルエッタとユーネと、そしてゴブリンが三匹。戦況は見るからに劣勢。

ユーネは長柄のメイスで二匹を牽制しているが、なんとか近づかせないように振り回しているだけでまるで攻撃が当たる様子はない。リルエッタにいたっては呪文の詠唱もむなしく、魔術が発動する前に棍棒で短杖を弾き飛ばされた。

目に飛び込んできたその絶望的な景色を前にして僕は、自分の心のタガが外れる音を聞く。

「なにを――」

獣のように加速する。両手で槍を振りかぶった。教えてもらった基本の型など無視した。

思考は白く、視界は狭く、時はやけにゆっくりで。

ゴブリンが棍棒を振りかぶる。恐怖に固まるリルエッタへと振り下ろす。――その間際、跳び込むように背後から首を刺し貫いた。


「――やってんだお前らあっ！」


グリッ、とゴブリンの喉に刺さったままの槍を捻る。ゴギン、となにか硬いものが折れる鈍い手応えが槍を通して響く。

思いっきり地面を踏みしめる。そのまま力任せにぶん回す。壊れた玩具のようにゴブリンの顔が有り得ない方を向いて、目と耳と鼻と口から血反吐を撒き散らす。ブチブチというなにかが千切れる音と共に、頸椎を貫いた槍の穂先を肉と皮を破るようにして抜いた。

吹き出したゴブリンの鮮血が、驚愕と恐怖に青ざめるリルエッタの頬と衣服を汚す。――生きていることだけ確認して、それ以外はどうでもいいと動きを止めず次へ踏み出す。

声を上げたからユーネの方のゴブリンはこちらに顔を向けていた。……だというのに、ユーネまでもが僕の出現に驚いている。その間抜け面に頭の血管がビキリと痛む。

攻撃に転じるなら敵の気が逸れた今だろうに、なにをやっているのか。

自身の勢いを止めることなく、手の内で槍を滑らせた。石突きに近い場所を両手で握る。

射程は最も長く、横薙ぎの威力が最も強く発揮され、そして攻撃を外したときに致命的な隙が発生する持ち方。

知ったことか。

「おおあああああああああっ！」

雄叫(おたけ)びを上げながら横薙ぎに槍を振るった。手近な方の一匹が慌てて短剣を構え、その攻撃を受けとめる。木製の槍の柄に錆びた刃が食い込む。

知った、ことか。

これでもかと歯を食いしばった。踏ん張る足に力を込めた。胸の内で暴れ回る怒りをそのままに、短剣が食い込んだ槍を強引に振り切る。

僕が出せる最大威力の攻撃を受け止めきれず、ゴブリンは自分の短剣の背で顔面を強打して、呆然とこちらを見るリルエッタの横まで吹っ飛んだ。

「ガアアアアアアッ！」

怒声が聞こえた。中途半端に高くてしわがれた、耳障りな醜い声。とっさに振り向く。

三匹目のゴブリンが突撃してきた。力任せに短剣を突き出してくる。仲間の仇討(かたきう)ち……ではない。

奴らはそんなことを考えない。単純に、最も脅威なのは僕だと認識したのだろう。怒りに歪んだ顔で突っ込んでくる。

後ろへ跳びながら短剣の突きを避ける。次も振り下ろしは右斜め後ろに下がって避ける。さらに振るわれる腹を狙った攻撃はかろうじて槍で受けた。ギリ、と歯ぎしりする。

戦闘訓練の成果か、かろうじて防御はできている。――けどマズい、完全に間合いに入られている。この距離だと槍の長さが逆に仇となって攻撃しにくい。……距離を取りたいけれど、僕が後ろにさがるより前に出るゴブリンの方が速い。

四度目の攻撃も槍で受ける。さっきのより重い衝撃が手に伝わり、二の腕まで痺れる。思わず苦悶の呻きが漏れる。

ゴブリンの口角が上がるのが視界に入って、ちくしょうと吐き捨てたくなった。ついさっきまで怒りに溢れていた顔が、もう緩み始めているのに酷い苛立ちを覚えた。間合いの有利を確信して、攻撃の苦しむ僕の顔を楽しんでいるのが、その醜く歪んだ笑みを見ただけで分かった。……やっぱりコイツらは仇討ちなんてする気はない。自分の仲間が倒されたことなんかもはや忘れている。

一匹目は背後からの奇襲で倒せた。二匹目はまだ相手の体勢が整っていなかった。けれど三匹目のコイツには、いきなり不利な間合いを強いられている。

「くぅっ！」

さらなる一撃が襲い来る。すんでの所で槍の柄で受ける。有利を確信したことによる、しっかりと体重を乗せた重い一撃。

たまらず体勢が崩れてしまい、出したくもないうめき声を漏らしてしまう。

そして――乾いた音がして、槍の柄のほぼ真ん中辺り……さっき短剣が食い込んだところから先がへし折れた。

今度こそゴブリンが口を開けて嗤う。唾液の糸を引いた黄ばんだ乱杭歯を見せてこちらを嘲笑う声を発し、勝ち誇るように大きく短剣を振りかぶる。

体勢を崩した僕には、その一撃を避けることはできなくて――それでも、目は閉じなかった。

「つまり、自分の武器をわざと落としてやるんだ」

なに言ってるんだろうこの人。――それが、その話を聞いた最初の感想だった。

鉢金ぶっ叩き訓練で初めて目を開けていられた夜。僕が今使えることを教えてくれと頼んで、ウェインは奥義を教えてやると言った。

のだけど……その内容がこれだった。

「そんな顔するんじゃねぇ。いいかガキんちょ、ここで言う奥義ってのは一撃でどんな怪物でも倒すような、スゲぇ技のことじゃねぇんだ。最後の最後に出す奥の手、いざというときに縋り付くやぶれかぶれ、普通に勝てる相手には使う必要がないクソ技だ」

「クソ技って……」

説明を聞いて、僕はますますそんな顔になってしまう。教えられる方の身にもなってほしい。

「だが、自分より強い相手に勝つ技でもある」

ウェインは手に持った小枝を指で回す。明るい月が照らし出すその姿はどこか、いつもの彼とは少し違って見えた。

「ガキんちょはまだまだ雑魚っぱちだからな。もし敵と戦うことがあればだいたい向こうの方が強いはずだ。だったら、こういうのも一個くらい覚えておいて損はねぇ。そうだろ？　そうだな？」

うんうん、と今度は腕を組んで、自分の言葉を自分で肯定するように頷くウェイン。

なんだろう。とっさに口走ったことに対して、後付けで理由を足しているようなこの感じ。やっぱりいつものウェインかもしれない。

「まあ騙されたと思ってちょっと考えてみろ。自分が武器を落としたら相手はどうすると思う？　あるいは、相手が武器を落としたとしたら、自分ならどうすると思う？」

「僕が槍を落としたら……。相手が武器を落としたら？」

ふむむ、と考えてみる。まあ教えてもらえるというのだから、とりあえず教えてもらおう。そのうえで使うかどうかを判断すればいい。たぶん使わないけど。

「……僕ならその武器が拾われないように、足で遠くまで蹴っ飛ばすかな?」

「お、いい答えだな。正解だ」

正解したらしい。まあ普通の行動だと思うけれど、間違えなかったのは嬉しい。

「他には武器を拾わせないよう牽制するとか、自分でその武器を拾って使っちまう、とかかな。あ、もちろんこれ幸いと普通に殴ってくることも多いな」

……正解はたくさんあったらしい。なんか納得いかない。

「つまり、だ。お、相手が武器を落としたな。危ないから防御しよう、なんて奴はいねぇってこった」

月が薄い雲で隠れる。とっくに暗さに慣れた目でも、相手の表情が見えないほどの光量しか届かなくなる。

なのにウェインが笑ってることは分かった。……それも、凄惨に。

「その瞬間、敵は隙だらけだ。そうだろ?」

ゾクリとした。背筋が凍るような気がした。無茶苦茶だこれ。

それはほんの一瞬の隙を作るためだけに、自分の武器をかなぐり捨てて、敵の動きを意図的に操るための技。……いや、こんなの技ですらない。武器をわざと落とすだけなのだから、今聞いたばかりの僕でもできる。

これに必要なのは、技術なんかじゃない。

「でも……でも、武器がなければ敵を倒せないよ」

「サブの武器があればそれで攻撃できるだろ？」

「いや、持ってないし……」

はぁー、と肩をすくめ、わざとらしくため息を吐くウェイン。まるで僕の考えを、臆病を見透かしているようなその仕草。

「サブの武器がなかったら拳で殴りかかってもいいし、蹴っ飛ばしてもいい。なんなら掴んで引きずり倒してやってもいいさ。やり方なんて気にするな。抱え込んで首を折ろうが刃物で滅多刺しにしようが、その辺に落ちてる石ころで頭カチ割ろうが最終的には同じだ。結果は大して変わらねぇから、どんな方法だって構わねぇんだよ。……いいかガキんちょ、これだけは覚えておけよ。だいたいの相手ってのはな――」

薄い雲が流れ、月がまた顔を出す。ウェインは得意気に笑っていた。

そして得意気に、あまりにも当たり前のことを口にする。

「――殺せば死ぬもんなのさ」

ウェインはあれを、すごい技ではないと言った。最後の最後に出す奥の手、いざというときに縋り付くやぶれかぶれ、普通に勝てる相手には使う必要がないクソ技。……そう、表現した。

聞いてみて分かった。たしかにすごい技ではない。

けれど同時に、自分より強い相手に勝つための技という意味も理解できた。

それは、死を覚悟してから出す技。

絶対使わないと思った。絶対に使いたくないと思った。

けれど槍が折れ、ゴブリンは嗤い、短剣は大きく振りかぶられた。

――その瞬間、敵は隙だらけだ。

その言葉が頭をよぎり、もうこの一瞬だけなのだと直感で悟った。

わざと武器を落としたわけではなくて槍が壊れただけ。教えられた奥義と状況はほぼ一緒だが、意図的にやったわけではないから僕の体勢は崩れている。ゴブリンの攻撃を避けるような余裕はない。

だから踏み込んだ。

ぶち殺してやる、と胸を暴れ回る怒りを燃やす。その感情で身体を動かす。

いざというときに縋り付くやぶれかぶれに、今縋り付いた。

振り下ろされる短剣の軌道へ跳び込むように、身体を前へ。足は踏ん張り、首に力を入れて、歯を食いしばって。

目を見開く。

――攻撃されても目を閉じないようにする練習。それをやるためにウェインにもらって、実際に何度も何度も何度も叩かれた、頭を守る防具。鉄板を布に縫い付けただけの、鉢金という装備。

上からも、横からも、もちろん後ろからの攻撃も守れない。顔も剥き出しで本当に額しか覆わない、防具というにはあまりにも頼りないそれで受けるために目を開き、短剣の軌道に自分の額を合わせる。

衝撃が走った。音なんか聞こえなかった。首の骨を伝って背中まで痛みが走る。目がチカチカして、額の感覚がなくて、頭がクラクラして、涙が出て。

「――――っ!」

声にならない叫びを上げて、獣のように跳びかかる。

感覚のない額で短剣を押し返し、ぎょっとするゴブリンの目を隠すように顔を掴んで、体当たりのように地面へ突き倒す。後頭部を強かに打った敵がギャッと声を上げて、一緒に倒れ込んだ僕はその胸の上に乗っかった。

壊れて半分ほどの長さになってしまった槍の柄を、両手で持って振りかぶる。

「ああああああああああああああああっ！」

ささくれ立った端部を、醜い顔面へ突き立てるように。

鼻骨がひしゃげた。頬骨が割れた。頬肉が破れた。折れた前歯が喉奥に刺さった。額がへコんだ。顎が砕けた。

何度も、何度も、何度も殴打する。力の限りに。

幾度となく繰り返す殴打で腕が痺れてくる。振りかぶって振り下ろす動作のときに、クラクラする頭が痛みを訴える。槍を伝わってくる嫌な手応えに心の奥が悲鳴を上げる。それでもやめない。やめるわけにはいかない。

相手が死ぬまで。

やり方は関係ない。槍の穂先がなくなっていてもやることは変わらない。同じ結果さえあればいい。教えてもらったから知っている。

殺せば死ぬ。

グチ、と槍の柄が動かなくなる。ゴブリンの砕けた眼窩に突き刺さって填まってしまい、抜けなくなってしまったのだ……と理解するのに、少しの時間が必要だった。

槍の柄を抜くのを諦め、見下ろす。緑肌の魔物の顔は元の造形が分からないほどに崩れ、血だらけになっていた。もうピクリとも動く気配はない。

はぁ、と息を吐いた。呼吸が苦しくて、そのまま空気を求めて肩で息をする。――全力で走ってきてそのまま戦ったのだ。息ぐらい上がるだろう。

口を開け、荒い呼吸をしながら立ちあがる。そしたら、ヒィッ、という小さな悲鳴が聞こえた。視線だけ向けてみると、ユーネが怯えた顔でこちらを見ていた。

そうか、と思う。今の自分はそりゃあ、女の子から見たら恐いのだろうな、とは思った。というか僕が彼女の立場でも恐がる。

ゴブリンに馬乗りになって、顔面をグチャグチャにするほど殴って殺したのだ。返り血もかなり浴びている。見てる方は恐怖を感じる光景だったに違いない。

立つと頭がクラクラして、足下がフラフラして、ぼーっとした。どんな方法でやろうが結果は変わらないってウェインは言ったけど、あれは嘘だったみたいだ。ちゃんと見た人の心証が変わる。

どうでもいい。

周囲を見回して、近くに落ちていた槍の穂先の方を拾った。やっと激しい痛みを訴えだした額を左手で押さえると、鉢金の上部に切れ込みのような傷跡が入っているのが分かって、その鉢金の布部分からどろりと血が垂れてくる。どうやら完全には受けられなかったらしい。やっぱり鉢金はあんまりいい防具じゃないんだな、と思いながら、右目に流れてきた血を拭う。

怯えるユーネに背を向けて、歩く。じれったいほどゆっくりとしか動けなかった。

「な……なによ」

向かう先にはリルエッタがいた。

血の気が引いた青い顔。怯えて震える身体。けれど、最初のゴブリンの血で汚れた顔だけは気丈に、僕を睨んでいた。

「それみたことか、とでも言いに来たの？」

なにを言っているんだろう。

「わたしたちより自分の方が強いんだって自慢したいのかしら？」

どうしてそんな顔をするのだろう。

「それとも、助けてやったのだからお礼を言えとでも？」

口を開くたびに、彼女の声も顔も泣きそうになっていく。まるで言葉のナイフで自分を刺しているかのよう。

そんなふうになるなら言わなきゃいいのに。

「あ……あんな敵なんて、べつに貴方が来なくたって――」

ああもう、うるさいなぁ。

なにを言われているかいまいち頭に入ってこなくて、ただうるさいとしか感じなくって、僕は右手に持った槍の穂先を突き出した。

「——ねえウェイン。自分より強い相手に勝つ技ってことは、その奥義を使えば僕もウェインに勝てるの？」

なんだかうさんくさい奥義を教えてもらった後、どうにも納得できない気分で、僕はそうウェインに聞いてみた。

結果は……爆笑だった。

「ハハハハハッ！　んなワケねぇだろうが。バッカだなガキんちょ」

むぅ。もしウェインにも勝てるのなら本当に強い技だと思うのだけれど、やっぱり最初の印象どおりそんなすごい技じゃないらしい。

「だが、今のはいい質問だぞ。なかなか鋭いところ突くじゃねぇか。満点くれてやろう」

「いい質問？」

鋭いところを突くとか意外なことを言われ、首を傾げてしまう。今ののなにが良かったのだろうか。爆笑されたのだけれど。

「俺にその技が効かないのは、そいつを知ってるからだ。こんなクソ技があるって知ってて喰らっちまうとか、間抜けもいいとこだろ?」

「それは……そうだね」

「つまり知ってりゃ警戒できるってこった」

ウェインは手に持った小枝をピコピコ振って見せる。

「言っておくが、これは敵が武器を落とした場合の話だけじゃねぇぞ。どんなに有利な状況だって気を抜くなって話だ」

この奥義は、不利な状況をわざと作って相手の油断を誘う技。

いくら不利だろうと、いくら有利だろうと、決着さえつかなければ勝敗は決まらない。それを象徴するような技だ。

「戦況なんていくらでもひっくり返るからな。敵全員のトドメをきっちり刺して息の根を止めない限り、戦闘は終わらないと思え」

そう言うウェインの顔はいつもよりちょっと真剣で、やはりいつもとは違う気がした。

「いいか、だいたいの敵は殺せば死ぬ。逆に言えば、殺さなきゃ死なねぇってことだ。――これを肝に銘じてくれるのが、このクソ技を奥義って呼ぶ本当の理由なんだよ」

踏み込み、半ばで折れて短くなった槍を突き出す。
青ざめ、恐怖し、驚愕したリルエッタの顔の横を抜けて、彼女の背後へ。
「殺さなきゃ、死なない――」
こうなることは予想できた。だってまだ殺してないから。
殺していないのなら死んでいない。死んでないなら、まだ動くのが道理だろう。
二匹目は、槍の柄で殴って吹っ飛ばしただけだ。
彼女に襲いかかろうとしていたゴブリンの喉元に、槍の穂先は深々と突き刺さる。

――ああ、刃がついてるっていいな。殴るよりも力が要らない。
リルエッタの脇を抜けてさらに踏み込む。もう力が入らなくて、両手で槍の柄を持って、自分の身体の重さを利用してさらに押し入れた。

肉を裂き骨を削る感触の後に、穂先が向こう側まで突き破る手応えまで伝わってくる。……最初の一撃でだいぶん弱ってたのだろう。吹っ飛んだときに剣も落としたのかなにも持っていなくて、抵抗らしい抵抗もできないままゴブリンは血を吐いて息絶えた。

ふぅー、と息を吐く。やっとひとまずの安堵を得る。

これで三匹全部。他に敵の姿は見当たらない。まだどこかにゴブリンが隠れていないとは断言できないけれど、とりあえず全ての敵にトドメをきっちり刺した。リルエッタとユーネは生きているし、酷い怪我もなさそうだ。

これで戦闘は終わった。

「な……なんで、起き上がってくるって分かったのよ……」

リルエッタが今にも崩れ落ちそうな顔をしていた。僕は仰向けに倒れたゴブリンから折れた槍を抜いて、振り向く。

「そりゃあ、生きてれば起き上がるよ……」

聞かれたことに、僕は当たり前のことを答えるしかない。

殺せば死ぬ。殺さなきゃ死なない。ウェインが教えてくれたのは本当に、バカでも分かるような当たり前のことばかりだ。

だから、こういうときにどうすればいいのかとかは、一つも教えてもらってない。

「なんで、わたしたちを追ってきたのよ……」

「……やっぱり連れ戻そうと思って」

正直に答える。

実際、ゴブリンに襲われる前に追いつけたのなら、無理やり引っ張ってでも連れ戻しただろう。けれど僕は思ったよりも長い時間、あの場所で立ち止まっていたらしい。彼女たちはすでに目的地のマナ溜まりまで来ていて、見つけたときはゴブリンどもに襲撃されている最中だった。

「そんな……」

僕の返答が気に入らなかったのか、リルエッタが顔をくしゃくしゃにして声を上げる。

「そんなに強いのなら、最初から一緒に来れば良かったじゃない……この臆病者！」

——ああ、まったく。なんて勝手な言い草。

僕の方針を無視して、パーティを解散してまで先へ行ったくせに。ゴブリンを弱い魔物だって侮ってたくせに。

この子はどうして、どうして……冒険者なんかになってしまったのだろう。

こんなにも向いていないのに。

パン、と乾いた音が響いた。叩いた手のひらがジンジンして、叩かれたリルエッタの顔が横を向いていて、すごく驚いた表情で呆然としていた。

ゴブリンとの戦いで忘れていた。僕はここまで、彼女たちへの怒りを燃料にやって来たのだ。

「……あ」

数拍分も時間を置いて、そんなか細い声が彼女から漏れる。……そして、その瞳から大粒の涙がこぼれた。

「ああ……うっ、あ……ああああああああああああ！」

堰を切ったように涙が流れて、立っていられなくなったのか両膝をついて、漏れ出た嗚咽はすぐに叫びになる。

――強がっていただけなのは分かっていた。それが、この程度のことであっさり瓦解するだろうとも思っていた。

けれど、こうなったらどうしようとか、考えていたわけじゃなかった。

「大声を出すな。まだ敵がいたらどうする」

泣き崩れる女の子にこんなことしか言えなくて。自分で泣かせといてなにを言ってるのかと気まずくなって。

僕は彼女から目を逸らす。頭が痛くて、クラクラして、ぼうっとして上手く考えがまとまらない。なにを言うべきなのかまったく分からない。

そもそも……今はそんなことをやっている場合ではなかった。まずはとにかくこの場所を離れるべきだ。リルエッタになにかを言うべきなら、安全な場所に戻ってから好きなだけ言えばいいのだから
――

「――……あれ？」

クラリ、と景色が揺れた。足で踏ん張ろうとして、膝がくにゃりと曲がった。

「キリ君！」

ユーネの声が聞こえたけれどやけに遠くて、目の前が真っ暗になる。

第六章

新人たちの夜

テーブル席がまばらに埋まりガヤガヤと雑多な声が聞こえてくる薄暗い店内は、まだ夕方なのにもうお酒の臭いが漂っていた。

たくさんの料理を囲んでいるテーブルがあった。笑いながら世間話しているテーブルがあった。カウンターに一人で飲んでいる人がいた。壁の依頼書の前で真剣に相談するパーティがいた。

僕たちにあんなことがあったのに、冒険者の店はいつも通り。

それはそうだろう。ここは危険を日常とする者たちが集う場所。

「ゴブリン三匹か。ふん、運が良かったな」

受付カウンターの奥から呆れた調子でそう言ったのは、店主のバルクだ。

まあそういう感想になるだろう。なにせ僕がパーティリーダーで、他の二人は新人だ。これで魔物とマトモに戦えると思う方がおかしい。

「うん、僕もそう思う」

一人か二人死んでいたかもしれない。なんなら全滅してもおかしくなかった。全員無事に帰って来られたのは、本当に運が良かったに違いない。

「その鉢金の傷は今日のか？」

バルクがじろりと僕の額を見る。額の傷はもう綺麗になっているけれど、鉢金にできた切れ込みのような跡は残ったままだ。

「そう。短剣で斬りつけられちゃって」

「まともに喰らってるな。そんな板きれでよく防げたもんだ」

「本当にね……。実はこれも防ぎきれなくって怪我しちゃったけど、ユーネが治してくれたんだよ。治癒魔術ってすごいんだね」

「せいぜい気をつけろ。即死なら治癒魔術でも治せん」

死人を生き返らせるのは無理かぁ。やっぱり仲間に治癒術士がいても、怪我し放題ってわけにはいかないな。……まあ痛いから、そんな戦い方なんてしたくないけれど。

バルクが横を向いて座り直して、先がかなりヘタってしまっている羽根ペンを手に取る。どうやら会話は終わりのようだ。恐い顔だし口調もぶっきらぼうだけれど、内容は冒険の忠告だったので、僕はありがとうとお礼を言ってその場を離れる。

僕の手には、彼から受け取った小銀貨と銅貨が数枚。それを数えて、僕はきっちり三分の一だけズボンのポケットに入れた。

残りは手に握りしめて、店の一番端っこ、壁際の奥のテーブルへと向かう。

リルエッタとユーネの二人はそこで僕を待っている。

気絶した後、僕はユーネの魔術で治療されたらしい。気がついたときには怪我をした頭は痛みもなく、傷跡すら残っていなかった。

時間はそんなにたっていなかったようで、リルエッタはまだグズついていたし、ユーネは青ざめていた。なんだか気まずくて、僕らは話らしい話もしないまま山を降りることとなった。

四人用のテーブルで、リルエッタとユーネは並んで座っていた。対面の席は二つとも空いている。

……そこに僕が座るよう、空けてくれているのだろう。

暗い顔でうつむき、思い詰めたように押し黙る彼女たちは、僕がテーブルの横に立つまで気づかなかった。

「バルクに報告してきたよ」

声を掛けると、二人がハッとしたように顔を上げる。

僕は、席には座らなかった。

「これは僕もついこの前に知ったんだけど、ゴブリン討伐は一応常設の仕事なんだ。冒険者が他の依頼中にたまたまゴブリンを見つけたときとか、ついでに殲滅(せんめつ)してもらうために領主様が依頼を出しているみたいでね。……まあ、安いんだけどさ」

さっきバルクから受け取ったお金の内、彼女たちの分をテーブルに置いた。

わざわざ待っていてもらったのは、このため。これで僕の用はおしまい。椅子に座るまでもない。

「それじゃ」

僕は踵を返す。

「え……」

リルエッタの控えめな声が聞こえたけれど、僕は足を止めなかった。テーブルとテーブルの間を抜けて、騒がしい冒険者たちの横を通り抜けて、店の出口へ。

山を降りて町へ戻る道すがら、ずっと考えていた。二人になにを言うべきなのかを。

……結論として、なにも言うべきことはなかった。

リルエッタとユーネはもう、僕のパーティを抜けている。ああいう形での決裂にはなったのだけれど、どうせ二人は最初から別の仲間を探すつもりだった。

そして——なんとなくそうなる気はしているけれど、彼女たちが今回の件で懲りて冒険者をやめるというのなら、それはそれでいいことではないかとも思う。彼女たちは生活に困っているわけではないだろうし。

ああ、そうだ。あのテーブルに座ってなにを話せというのか。

無謀な行動をしたことに対して説教とか？　僕だって新人なんだけど。

パーティに引き留める？　彼女たちの方から抜けたのに。

向いてないからやめろって助言する？　冒険者は自由なんだから意味がない。

なにも言えることなんてないのだ。だから、なにも言わず立ち去るべきである。

……二人を無事にここまで帰した。ゴブリン討伐の報酬はちゃんと分配した。やり残しはない。これでいいのだろうか、というモヤモヤはあるけれど、もう終わりだ。僕にできることはない。


「ようガキんちょ。どうしたどうした、なんか雰囲気暗くね？」


出入り口から店を出ると、待ち伏せしていたかのようにウェインが店先にいた。

「見れば分かる。あの二人が失敗した」

シェイアが僕の肩に手を置いて、店の奥を覗き見る。

「あ、やっぱチビの槍、壊れちゃってるじゃん。修理なら表通りの鍛冶屋はダメだぞ。あそこはナベとかの日用品ばかり扱ってる。安くて腕が良いトコ紹介してあげるよ」

チッカが背中のカゴから折れた槍をヒョイと取り出す。

僕はといえば、この三人に囲まれて額を押さえていた。怪我はすっかり治ったはずなのに、なんだか頭痛がした。

そして……どっと気が抜けてしまった。

「あー、えっと。チッカありがと。助かるよ」

とりあえず善意の申し出にお礼を言う。武器が壊れたままでは冒険に行けないから、鍛冶屋は大事だ。

そして、ウェインとシェイアに向き直る。

「あー、と……二人とも」

さっきのとは違う胸のモヤモヤがあった。これでいいのだろうか、という気持ち悪い感情だ。

絶対に相性は悪いのだけれど、ただ他に頼れる相手がいないのも事実である。

「おう、どうした？」

「なに？」

リルエッタとユーネについて、どうにかしたいとすら思わないかといえば、嘘になる。

けれどそれは……なんというか。こう。ここまで苦渋の決断に任せていいものなのかというか。

この人たちに任せると、そりゃあどうにかはなるんだろうけれど、もっと悪くなるんじゃないかなとか。

僕は目をギュッとつむって、顔を逸らして、喉から声を絞り出す。

「……お願い」

「おい今のめっちゃ不服そうじゃなかったか？」

「すごく嫌そう」

耳を塞いでいるから聞こえない。そんな事実はない。不安になんかなっていない。ダメそうな賭けとか思ってない。

僕はなにも聞こえないフリをして、逃げるように足早にその場を後にする。最初からハラハラしそうだし、過程とか見守る気になれない。できれば結果も知りたくない。

「まったく……それもリーダーの仕事なんだぜ、ガキんちょ」

「あんなの簡単」

ウェインが呆れ声を背中にかけてきて、シェイアは嫌な予感しかしない言葉を残し店内に入っていく。なんにも聞こえない。

「チビ、そっちじゃない。逆だよ逆」

それは聞こえたので、僕は慌てて方向転換する。

その背中が扉の向こうへ消えてしまって、わたしは浮かせかけた腰を落とした。

胸はぽっかりと穴が空いたように空虚が支配して、一歩も追えず、声をかけることもできなかっ

た。そしてその穴は、やがて絶望に浸されていく。

お金を置いて、それじゃ、と言って。もう怒りもせずに彼は行ってしまった。

どうして、あそこまであっさりと行ってしまえるのだろう。わたしたちに言いたいことの一つや二つ、あってしかるべきではないか。――それを聞きたくなくて、行ってしまったことに心のどこかで安堵してしまって、それで追わなかった自分に愕然としていた。

親切にしてくれたのに酷い扱いをしてきたのに。ずいぶんと失礼なことを言ってしまったのに。助けてもらってもお礼も言えなかったのに。

なのに、謝ることすら……まだできていないのに。

機会がなかったわけでは、なかった。助けてもらってすぐでも、町への道すがらでも、いくらでも話すことはできた。

「なんで……」

ただ……面と向かうのが恐かった。

「なんで、こうなるのよ……」

怒ってくれなければ、許してもらうこともできないではないか。

両手で目を覆う。涙を流したくなくて必死で耐える。今のわたしには泣くことすらおこがましい気がした。

自分勝手で、傍若無人で、謝罪すらまともに言えない愚か者。そんな自分に、泣いて哀れを装う権利などあるはずがない。

正しいと、思っていたのだ。

ゴブリンは危険な魔物だ。人を襲うし、作物や家畜を略奪するし、大きな群ならば村や町を滅ぼすことだってある。放っておいていいことはなに一つない。

だから見かけたら倒すべきだ。

そう行動した結果、わたしとユーネは死にかけた。

そして……それを助けに来てくれた彼が、代わりに死ぬかもしれなかった。

わたしは努力してきた。習得の難しい魔術を覚えた。だからできると思った。なのに全然力が足りなかった。知識が足りなかった。能力が足りなかった。経験が足りなかった。こうして無事に戻ってきた今でも震えてしまう。

ゴブリンが彼に剣を振り下ろしたときの、あの血の気が引く感覚。彼が倒れたときの、あの絶望。

ユーネの治癒で彼が意識を取り戻すまでの間、生きた心地などまったくしなかった。

「死人が出るところだった。全滅してもおかしくなかった。……わたしのせいで」

認めたくなかった。そんな重大な責を背負えるほど、わたしは強くなかった。

お礼なんて言えやしなかった。責任から逃れるのに必死で、誰かに押しつけたくて、なんにも悪くない彼に当たってしまって。

なのに、なんであれだけで行ってしまうのか。

「ゴブリンを倒したお金を置いていったということはー……これで、関係は清算ということでしょうかねぇ……」

ユーネがぽそりと呟く。彼女もずいぶんとまいっているようだ。

清算。わたしたちは彼に助けられはしたけれど、ユーネは治癒魔術で彼を治している。その分を考えて、後腐れないようにお金を置いていった。……そういうことだろうか。

だとしたら、もう終わりだ。縁は完全に切れた。そもそもパーティを解散させたのはわたしで、彼との繋がりは一切なくなってしまった。

「恐かったですねー……冒険」

隣の友人が、ぶるり、と身体を震わせる。

その言葉には、わたしはすぐには頷けなかった。……冒険に恐怖を感じなかったわけではない。どちらのことか分からなかったからだ。

果たして、ユーネが恐かったのはゴブリンだろうか。それとも彼の方だろうか。

槍がゴブリンごと振り回され、生々しい音と血潮を撒き散らす様を見た。敵の顔面を元の形が分からなくなるほど何度も殴打して、惨(むご)たらしく息の根を止める光景を見た。倒したと思っていた敵が起き上がり、背後から襲いかかってくる恐怖を体感した。

敵を殺す、という行為を目の当たりにした。

死ぬまでやる、という凄惨な覚悟を宿したあの日に、足がすくんだ。

わたしは間違っていた。

初めてあのマナ溜まりの採取場へ足を踏み入れたとき、あの美しい景色を見て、胸に湧き上がる高揚感と共にこれが冒険なのだと感じたのだ。これこそが冒険だと、思ったのだ。

けれど、今なら分かる。ユーネもきっと身に染みて理解したのだろう。――冒険の本質に近いのは、あの瞳の奥にこそあるのだと。

「……恐かったわ」

彼はすでに知っていたのだ。危険を前にしたら、ああする他ないことを。そうしなければ死ぬことを。

怒ってほしかった。責めてほしかった。これからは言うことを聞けと言ってくれてもよかったし、もう顔を見せるなと突き放されたって今よりはマシだった。

どうすれば償えるか、教えてほしかったのに。

「いよう、辛気くせぇテーブルだな。葬式かよ？」

「ただの青春。お酒の肴(さかな)にちょうどいい」

聞き覚えのある声がした。聞きたくなかった声。

顔を上げる。予想通りの知っている二人。彼らはお酒がなみなみと入った木のコップをテーブルに置いて、こちらに断りもせず対面の椅子を引く。

「ずいぶんとオモシロ……落ち込んでるじゃねーか、お二人さん。よければ先輩冒険者の俺たちが相談にのってやるぜ？」

あの無礼な戦士の男と、

「彼と今一番親しいのは、私たち」

シェイアという美貌の魔術士。

彼に一度紹介してもらった『あの下水道の冒険者たち』のうちの二人が、わたしとユーネの前に座ったのだ。

「あ、貴方たち、なんで……」

「なんでもなにも。ガキんちょの槍折れてたし鉢金傷ついてたしで、なんか大変そうな目にあったぽいだろ？　しかもお前らが見るからにヘコんでる。気になるのは当然じゃねーか？」

「今は後輩の面倒を見る気分」

つまり気まぐれか。こちらが真剣に落ち込んでいるのに、お酒なんか持っていい気なものだ。

「ま、とりあえずなにがあったのか話してみろよ。相談するだけならタダだぜ？」

――普段であれば、怒鳴りつけていたかもしれない。この二人はこの冒険者の店で最も気に入らない相手だ。

だけれど、たしかに彼と親しそうな様子はあった。女魔術士にいたっては高価な魔術の本を貸し与えているほどだ。

彼らはわたしたちよりも、彼と親しい。そして他にそういった冒険者のアテはなくて。

これから自分がどうすればいいのか、分からなくて。

「実は……――」

どうしてもこのままでいいとだけは思えなくて、わたしは目の前の二人に縋る。

「ぶはっ、わはははははははははははははははは!」

頭を抱える。相談なんてするんじゃなかった。気の迷いだった。この場で魔力弾くらい撃っても許されるのではないか。

「良い。とても良いお酒の肴」

シェイアはもう三杯目だ。注文しているのはたしかにお酒だったのに、顔色がまったく変わらない。

人の失敗談を肴にしてこんなにお酒が進むなんて、どれだけ性格が悪いのだろう。

「ゆ……油断したのは認めるわ。それで奇襲を受けて、ゴブリン相手に危機的状況に陥ってしまったのも……」

「いや、そこじゃねぇ。笑えるのはそこじゃねぇんだけど、まずそこも間違いだ。お前らじゃ奇襲を受けなくても危なかった」

むっとした。けれど、続く言葉には下唇を噛むしかなかった。

「あー、笑った笑った……。ったく、とはいえお前ら、よく無事だったもんだぜ。ゴブリンに殺される冒険者なんか珍しくねぇよ。この店だってついこの前も一人死んでる。待ち構えられてると予想できる場所にノコノコ出向いた時点で、お前らナメすぎだろ」

「剣で斬られれば人は死ぬ」

「全身鎧でも着てりゃ別だけどな。俺だってその状況ならわざわざ真正面から行ったりしねぇ」

どんな相手でも、人を殺傷できる能力を持っている限り甘く見るべきではない……ということだろう。グゥの音も出ない教訓だ。

この二人ですら慎重にならざるをえない状況で、わたしはゴブリンを弱い魔物だと侮った行動をしてしまった。

つまり、最初の判断から完全に間違っていたのだ。

「……最初に彼が来なかったのも当然ね。彼は自分がどれだけ強くても、不利な状況にあえて飛び込むのは間違っていることを知っていた。それが、今なら分かるわ」

あの状況でなければ、彼だったらもっと簡単にゴブリンを倒していたのだろう。わたしたち二人を助けようとしたから、もしかしたら死んでいたかもしれないような一撃を喰らってしまった。

「それも間違い」

お酒をクピリと飲んで、シェイアはわたしの言葉を否定した。

「彼はそんなに強くない」

それは……まあ、弱そうに見えるけれど。でも実際に彼はゴブリンを三匹倒しているし、わたしはそれをこの目で見ている。

ああいや、ゴブリン三匹くらいが相手なら倒せる冒険者はたくさんいるだろうから、そういう意味でならたしかに彼は強くはないんだろう。少なくともこの二人であれば、簡単に倒してしまうに違いない。

「たぶん、ゴブリン一匹と互角？」

「いやいや、ちょいとガキんちょの方が分がいい。槍の長さと鎧があるし、なんてったって最近は俺が稽古つけてやってるからな。ま、それにしたって五回やったら三回は勝ちを拾えるだろうってくらいのもんだが」

「え……」

ユーネが驚きの声を上げる。わたしも同じ気持ちだった。

「でも……でもー、キリ君はユーネたちを助けてくれたとき、ゴブリンを三匹も倒してるんですよう？　その評価はいくらなんでもおかしくないですかー？」

「ああ、そりゃあアレだ」

戦士の男はグビリと酒を飲んでから、木のコップを持った手で順番に、わたしとユーネを指し示す。

「お前らがいたからだよ」

わたしたちが、いたから？

「べつに、女の子のピンチに駆けつけて秘められた能力が覚醒したー、だとか、そんなお芝居みたいにうさんくさい話じゃねぇぞ」

ガヤガヤと騒がしい冒険者の店の中、その男は頭の悪そうな笑みを浮かべながら、うさんくさいお芝居のように両手を広げて見せた。

「最初に倒した一匹は、魔術士の嬢ちゃんを狙ってたヤツを後ろから刺したんだろ？　二匹目は神官の嬢ちゃんが相手してたヤツが振り向いたところを、槍で殴り飛ばしてしばらく気絶させた。三匹目は槍を折っちまったがなんとか倒して、最後に起き上がって魔術士の嬢ちゃんを狙った二匹目を折れた槍で刺し殺した」

さっきわたしが話した、事の顛末（てんまつ）。

無骨な指を折って数えながらおさらいした男は、その手でトントンと自分のこめかみを叩いて、ニッと笑う
「――頭使ってよくよく考えてみろ。ガキんちょがまともに戦ったのは一匹だけだ」

頭が悪そうな顔だった。

バカみたいな笑顔だった。

けれどたしかに、それは真実だった。

「その戦闘であなたたちが担ったのは、前衛役。敵の注意を引き付け、仲間を守る盾。タンクと呼ばれる戦闘の要」

クピリとお酒を一口飲んで、シェイアが至極真面目な口調でそう言う。……そして。

「言い過ぎた。囮(おとり)」

わざわざ訂正しなくてもいい。

「やっぱり撒(ま)き餌」

どんどん価値が下がっていく……。撒き餌はもう倒されることが前提の役なのではないか。

「ガキんちょは弱いが、あれで頭はいいからな。テメェの弱さをようく知ってやがる。……一度に三匹相手したらすぐ潰されることぐらい、調子に乗るんじゃねーぞって俺が指導してやるまでもなく分かってるだろーよ。つーか話聞いてみて分かったが、クソ生意気なことになんで勝てたかまできっちり理解してるくせぇ。――今回なんとか勝てたのは、お前らがゴブリンを分散させて気を引いていたからだってな」

昨日は会話についてくることもできなかったのに、戦闘のことだけは妙に饒舌(じょうぜつ)に、戦士の男が解説する。……きっと場数の差だろう。彼はこれで、おそらくかなりの経験を積んだ冒険者なのだ。

そんな熟練の戦士が、わたしとユーネを見ておかしそうに笑う。バカにした調子ではなく、なぜか純粋に面白そうに……そして、なぜだか少し嬉しそうに。

「つまりそのゴブリン戦、お前らは一方的に助けられたように思ってるかもしれねぇが――実際は、パーティでの戦闘だったたってことだ」

「そんな――そんなの……納得いかない」

そう、声を絞り出した。

友人も同意見のようで、形のいい唇を歪めている。

「ゆー、ユーネも、それは認められないですー」

そうだ。当然だ。そんなの詭弁でしかない。

あれがパーティ戦闘？　油断して奇襲されて、一度も魔術を使うことができずに、助けに入ってくれた彼の動きを見ていただけの自分が、役に立っていた？

「納得いかねぇのは当たり前だ。これでちゃんと仕事しましたーなんつったらダメすぎるだろ」

からかうようにカラカラ笑って、上機嫌でお酒をあおる戦士の男。それで飲み干したのか、彼は手を挙げて大きな声でおかわりを注文する。まだ一杯目だけれどシェイアほどお酒に強くないのか、少し顔が赤くなっていた。

「だが、ちゃんとヘコんでんのなら、まだマシじゃねぇの？」

こちらをからかって楽しんでいるのではないか、と思ってしまう。この二人が適当なことを言わない保証などないのだ。

「戦闘には様々な状況がある」

シェイアが戦士の男をコップでつついて、ついでにもう一杯頼むよう視線で指示した。

わたしたちの失敗談を肴にもう三杯目を飲み干したのか。まだ飲むつもりなのか。彼女はこちらに向かって人差し指を立てる。

「その中でも、本来は後衛である魔術士や治癒術士が敵と肉薄する状況は、最悪」

……ユーネは一応、薄いけれど鎧を着けているし、ほんの少しだけれど教会の方でポールメイスの扱いを訓練している。

とはいえそれを訂正しても意味はない。あの状況はたしかに最悪だったのだから。

「けれど危機的な状況下は、よくあること。そんなもの、冒険を続けるなら何度でも切り抜けていくことになる」

クピリ、と彼女はお酒を飲んで、コン、と乾いた音を響かせて空になったコップを置いた。

細く白い手を占い師のように持ち上げ、ツイ、と指で飲み口の縁をなぞる。

「なぜ彼は、一番はじめに大声を上げなかった？」

……意味を理解するのに、数秒かかった。

意味を理解して、呼吸が止まった。

「声を上げればゴブリンの注意をひくことができる。そうすれば、あなたたちへの攻撃が緩む可能性があった。少なくともゴブリンの一匹は彼を相手するため動かなければならなかったし、そうすればあなたたちは体勢を立て直せたかもしれない」

普段より饒舌に、美貌の魔術士はあり得なかったもしもを語る。

それはつまり、ここが話の肝であるということ。……あるいは、お酒で口が軽くなっているだけかもしれないが。

「けれど彼はその選択をとらなかった。あなたたちが襲われている状況を利用して、まず一匹を倒すことを優先した。——襲われていたあなたたちは、彼の作戦に組み込まれた」

……あのとき、わたしが助けに来てくれた彼に気づいたのは、ゴブリンの喉から槍の穂先が生えた後。

シェイアの言うとおり、彼は大きな声を上げていない。背後から槍で刺される瞬間までゴブリンは彼のことを認識していなくて、わたしを標的にしていた。

「そうしなければゴブリン三匹を倒せないと、彼は判断した。つまり彼は、一人では勝てなかったことを誰よりも理解している。……そこに置かれたお金は、そういうこと」

わたしはテーブルの端に置かれたお金へ視線を向ける。

ほとんどが銅貨のそれは、あれだけの危険を冒したにしてはあまりにも安く、けれどたしかにそこにあった。

「その金はお前らがいなかったら入らなかった金だ。だからお前らにも分けるべき、ってガキんちょはそう思ったんだろ。わざわざ置いてったんだ。律儀なことだよな」

その口調は言外に、わたしたちがどう思おうが関係ないのだと言っていた。

助けられたとか、足を引っ張ったとか、大変なことをしてしまったとか。わたしたちがどれだけそう思っていたとしても、彼はそれを聞く気はなかった。ゴブリン三匹を相手に勝てる実力がないという一点だけが、彼にとっての事実だったから。

「三人いれば敵の戦力は分散するからな。お前ら、いるだけで戦力だったってよ」

「特殊なケース。報酬の分配は当事者が決めるべき。彼が置いていったのなら、もらっておけばいい」
ギ、と奥歯が擦(こす)れる。悔しさで目が潤んでくる。
納得できなかった。できるはずがなかった。

「わたしは……判断を間違えた。勝手に行動して、勝手に危機に陥って、助けられた……」

「判断ミスなんざするもんだ」

「危機は陥るもの」

わたしの言葉はバッサリと斬られて、理不尽の向こうに捨てられてしまった。

「冒険はすんなり行くことばかりじゃねぇ。つーか、そうだったら冒険じゃねぇ」

冒険とは、危険を冒すこと。そしてその先へ向かうこと。

厨房(ちゅうぼう)の女性がお酒のおかわりを持ってきて、テーブルに置いた。二人はだらしない顔ですぐに手を伸ばす。

戦士の男はお酒を飲んで、くぅー、と美味しそうに鳴いた後、こちらへと視線を戻す。

「だからこそ、それを切り抜けられる仲間と組むんだろうが」

「パーティは……互いにできないことを埋め合うために組むものでしょう」

声が喉につっかえる。頭がこんがらがって、なにに対して反論しているのかも分からなくなってくる。

魔術師がいて治癒術士がいるのなら、戦士がほしいところだ。斥候もいるとなおいいし、前衛ができる人はできれば複数人ほしい。……パーティはそうやって組むものだろう。

危機を切り抜けるために仲間と組むというのは、違う。違わないといけない。

その論理が通るのであれば、彼は――わたしは。

「そう」

美貌の魔術士があっさり頷く。

わたしの言葉は当然のように受け止められ、お酒といっしょに飲み下される。

「欠点を埋め合い、危機的状況に陥らないパーティを組み、つつがなく冒険を成功させる。それは一つの理想。けれど難しい」

当たり前のことを、当たり前のようにその女性は語る。

「冒険者パーティの人数は多くて六人ほど」

――ああ。それは、そうだ。

聞いたことがある。冒険者は大人数で動くことを良しとしない。騎士団や傭兵団とは違い、少人数による身軽さが冒険者の強みなのだ、と。

しかしその強みは、弱点だ。あまりにもあからさまな弱みに通じている。

「それより増えるとまとめるの面倒だからな。報酬の分配だけで毎回揉めるだろ」

「ええー……単に管理能力がないだけなんですかぁー？」

戦士の男のあんまりな言葉に、ユーネが眉を下げて残念そうな声を出す。……頭が痛くなったが、それもあり得そうな話かもしれないと思ってしまった。

だって少なくとも、目の前の二人は集団行動に向いているように見えない。ここにはいないがあのハーフリングも我が強そうだ。もちろん個人差はあるだろうが、そういう者が冒険者の店に集う傾向があるのであれば、大きな組織を構成するのは難しいだろう。

「多いと重荷。自由が削がれる」

そのシェイアの言葉は、冒険者の本質に聞こえた。

自由。……それがなくて、どうして冒険者と言えるのだろうか。わざわざ重荷を背負うのであれば、それはもう冒険者ではなくてもいいのではないか。

胸の奥の鉛のような重りが、ゴロリと存在を主張したような気がした。喉が渇いて、涙が流れそうになって、必死で我慢した。今は話の内容に意識を集中するべきだ。

「急な依頼への対応、移動時の速度、狭い場所での動きやすさ。少人数の利点は多く、なにより気楽。――けれど」

「……それは、ギリギリの人数しかいないということ」

続きの言葉はあまりにも明白で、わたしは続きの言葉を受け継いだ。

騎士団や傭兵団がなぜ人数を揃えるのか。答えは簡単で、数が力であるからだ。多くの状況に万全に対応し、確実に任務を遂行するためには人員を増やし戦力を固めるべきだからだ。……組織が大きくなればなるほど、動きは鈍重に、しがらみは複雑に、心は規律に縛られ、食い扶持は際限なく増えるけれども。

冒険者は少人数で動くがゆえに身軽で単純だ。しかしその分、危機的状況に陥りやすいという欠点を抱えている。

それはもう、冒険者として活動する限り、どうしようもないことなのだ。

「仲間は慎重に選ぶべき」

そう言ってシェイアはコップを傾ける。――あの、チッカというハーフリングの斥候と同じ忠告。

けれど改めて聞いたそれは、まったく別の意味として胸に響く。

わたしの生まれを利用しようとするような不届き者がいたとしても、そんなものはどうだって良かった。そんな下らないことを気にする時点で間違っていた。あれはこう言っていたのだ。

むやみに危険を呼び込むようなことはしないと信じられる相手を選べ。

もし危機に陥ったとき、信頼して共に切り抜けられる相手を選べ。

そして――……一緒に死ぬことになったとき、後悔しない相手を選べ。

誰かの仲間になりたいのなら、そういう冒険者になれ。


「わたしは……どうしたらいいの」

漏れ出た声はか細く、自分のものだと思えない。

なにも分かっていなかった。わざわざ忠告までされたのに、上辺のまま受け取って深く考えようともしなかった。あれは忠告であり警告だったのだ。

わたしは、選ばれる仲間の条件をなに一つ満たしていなかった。

頭はグチャグチャで、漂ってくるお酒の臭いが不快で、けれど縋るのはそこしかなくて。

誰でもいいから、教えてほしくて。

「笑い話にすればいいんじゃね?」

「大したことではない」

その言葉に、テーブルを思いっきり叩いていた。

声が出なかった。握った手がジンジンと痛みを訴えていた。頭の中がグチャグチャだった。

「お……お嬢様……」

ユーネの声が聞こえる。制止しようとしている。無視した。

「貴方たちは……」

やっと声が出たのは、数呼吸をおいてから。

「そうやって、人を笑いものにして、お酒を飲んでればいいんでしょうけれどね……」

大きな声は出せなかった。そんな気にはなれなかった。わたしには大仰にわめき散らす資格などなかった。それでも声は震えていた。

俯いていたからテーブルの木目しか睨めなくて、顔は上げられなくて、けれど目の前の二人に文句の一つくらい言いたくて仕方なかった。

「相談に……乗るって言ってきたのは貴方たちの方よ。なら、こちらが聞いたことくらいもっと真剣に答えなさい」

「いやマジメだが?」

本当に魔力弾を撃ってやろうか。今ならあの馬鹿面に風穴を空ける威力が出せる気がする。

「真面目に答えていると言うのならまずはお酒を置くべきよ。こちらが新人だからって、あまりにも失礼だわ」

「お、調子戻って来たじゃん。けど悪いな。お前らの失敗談、俺には笑い話にしか聞こえねぇんだわ。だったら酒の肴にして笑い飛ばしてやるのが冒険者の流儀だろ」

「ふざけ――――!」

もう我慢ならなくて短杖を取り出そうと手を腰に伸ばす。……けれど、その動きは止まった。

言葉で、止められた。

「だってお前ら、全員無事に帰って来たじゃねぇか」

ゾッとした。一気に血の気が引いた。ここはそういう場所なのだと心臓で理解した。

「誰も死なず、四肢が欠けるような大怪我もせず、めでたく全員無事に戻って来たんだ。俺らだったら、いろいろあって大変だったけど喜ばしいな！　って宴会するトコだな。ああいや、この報酬じゃちっといい料理頼む程度だが」

「反省は大切。後悔はいらない」

テーブルの端に置かれたままのお金に目をやって頬を掻く戦士の男。すました顔でお酒を飲む魔術士の女。

冒険とは、危険を冒すこと。時には死ぬことだってある。

この二人は当たり前のようにそれを受け入れている。……わたしは今日死にかけたというのに、まだそれを理解しきっていなかった。

ここは冒険者の店なのだ。

「ぶっちゃけ、そんなんでしんみりしてるの見せられてもウゼぇんだよな。生きてるならだいたい取り返しはつくもんだろ?　なにが悪かったか反省したら、とっとと次なにやるべきか自分で考えろよ」

冒険者の男はベラベラと語る。マトモな人間では持ち得ない精神で、なのに酷く合理的なことを。

「落ち込むのは取り返しがつかないことになったときだけでいいんだよ。冒険者やってりゃ、どうしてもやりきれない、しんどい思いだってそのうちいろいろするだろうさ――もう他に何にもできなくて、潰れるまで酒飲んで寝ちまうしかねぇようなときだけ、この世の終わりみたいな顔しろよ。そんな奴、ここにはいくらでもいるんだからな」

――以前、キリが冒険者はみんなダメ人間だと言っていた。

冒険者になった者が……長く冒険者を続けた者がみな、この精神性を獲得するのであれば、それは常人とは明らかに一線を画している。端から見れば、酷く不誠実にすら映りかねないほどに。

彼らは……常人の生き方をしていないから、そうなるのだ。ここにいる誰も彼もが世間からダメ人間と呼ばれるような精神でなければ乗り越えられないような、そんな経験をしてきている。

「そう。たとえば、想い人だった仲間が他の仲間と結婚引退して一人寂しく取り残された人とか」

ゴンッ、と戦士の男がテーブルに頭を打ち付けた。すごく大きな音がした。さっきわたしがテーブルを殴ったときよりも響いたかも。

ギギギと油の切れた扉のような動きで顔を上げ、男は泣きそうな顔で隣の女性を睨む。

「……テメェ、人がせっかく忘れかけてたコトを」

「ウェインに冒険で仲間を死なせた経験はない。偉そう」

「テメェだってねぇだろうがぐうたらソロ女！」

「お酒は美味しく飲むもの」

野犬のように騒がしく吠える男と、それを意に介さずお酒を美味しそうに飲む女。べつに、忘れたいことがあるからお酒を飲んでいる者ばかりではない、ということか。それはそうか。

その二人の姿はなんというか、こう、ものすごく残念な気分にはなるのだけれど……やっぱり、ただのダメ人間に見えた。

ストン、と。いつのまにか浮かせていた腰を落とす。いっそ呆然とした心地で目の前の冒険者たちを眺める。視界の端に彼が置いていった貨幣が映って、少し首を巡らすと店内の様子が目に入ってくる。

……こんなに騒がしくしているのに、誰もこちらに視線を向けていない。もっと騒がしいテーブルがあって、なにやら話し込んでいる席があって、壁際には依頼書を読んでいる者たちがいて――この店の日常の光景がそこにあって、わたしたちもその中の一つで。

ああ、そうか、と。

自由とは、こういうことなのか、と。

はぁ、と息を吐く。スゥ、と息を吸って、もう一度深く息を吐いた。胸の内にあるモヤモヤを晴らすように。

そうして、わたしはとりあえずの決意を口にする。

「わたし、貴方たちのような大人にはならないわ」

「そうしろ」

「そうしなさい」

二人揃っての返答には、苦笑するしかなかった。


「あー……こんなもんで良かったんかね？」

二人の少女が去ったテーブルへ、静かにコップを置く。中身は半分ほど残っている。……酒は好きだが大して強くない。普通なら二杯くらい問題ないはずだが、舌を回そうとしてペースを考えず空きっ腹に流し込んでいれば、酒は回るものだ。酒代が安く済む体質はありがたいのだが、これ以上飲むと二日酔いになるだろう。

まったく……これは隣にザルがいるのが悪い。飲む早さがおかしいもんなこいつ。

「さすがに無理筋」

隣の女は四杯目を飲み干して、空になったコップを置く。同じ酒飲んでるはずなのに顔色一つ変わりゃしない。

「そのうち気づく」

「そりゃ重畳。数日騙されてくれりゃいい」

ガキんちょにお願いされたのは今のあの二人だ。いずれ俺たちの演技がバレたときのことなんざ知ったことではない。

判断ミスはするもの。危機的状況には陥るもの。それを切り抜けるために仲間と組む。

それは、間違ってはいない。間違っていないが、今回あの二人がやっちまったのは文字通り致命的な失敗だ。しかも正式ではなく仮のパーティであり、さらにリーダーの判断を無視して行動しているときた。さすがに笑って済ませられるものではない。

慎重にいけば十分に対応できたのに、無駄に命を賭ける状況にしてしまう。そんな足手まといがいたら命がいくつあっても足りない。……それこそパーティを追い出されるような行いだ。噂になれば、新しい仲間を見つけるのだって難しいはず。

ガキんちょにお願いされたから笑い飛ばしてはやったが、本当に笑い話になるのはもう少し先だろう。失敗は反省し、失った信頼を取り戻し、汚名を返上してやっとネタになる。

「ま、新人なんてそんなもんだけどな」

誰だって最初は素人で、素人はだいたいやらかすもの。全員無事に戻って来たのなら、一回くらいは笑って流してやっても悪くない。

……もし二度目もやるようなら、そのときは説教ものだが。

「辞めるよう言うべきだった」

酒がなくなったからかテーブルの上で手を組んだシェイアの声が、かろうじて届いてくる。かすかな響きだったが、わりと真剣に苦悩しているのが聞き取れてしまった。

「あの二人は向いていない」

「ああ、まあなぁ」

とりあえずそこは同意する。俺だってアイツらが向いてないと思ったから、最初にお節介を言ったわけだし。

一目、あるいはニオイで察知できる。あの二人はいわゆるダメ人間ではない。いつか剣で成り上がってやるとか、一攫千金を狙うだとか、単に真面目に働くのが嫌でやってきましたみたいな顔をしていなかった。

そういうマトモで真面目でしっかりしていて、ちゃんと正義感がある奴は、だから余計な事をしでかすものだ。

「ま、いいんじゃね？　これからアイツらがどうするつもりか知らないが、続けようが辞めようが冒険者は自由だろ」

「今回は運が良かった。次は死ぬ」

一度目は笑って流してやってもいい。だが二度目は説教ものだ。三度目は追い出してやった方が相手のためだろう。

——どれも、生きて帰って来れたなら、だが。

「冒険者は自己責任……ってもまあ、関わった相手のことは気にしちまうわなぁ」

シェイアはパーティの面倒を避けて、ソロでやっている女だ。まともに話すのも面倒という性格もあってか、特定の誰かと仲が良いとかの話はあまり聞いたことがない。下水道の件を経てやっと、俺やチッカとつるみだしたくらいだろう。

だから、彼女は仲間の死を経験したことがない。親しい者が帰ってこなかったこともないはずだ。

コップを持ち上げ、中の液体に視線を落とす。この前のムジナ爺さんが死んだとき、先走ったガキんちょへ真っ先に協力を申し出ていたのは意外に思ったもんだが——そもそもこの女は、人が死ぬことに慣れていなかったらしい。

あの二人についてナイーブになるのも分かるというものだ。自分の行動で他人の運命を左右したかもしれないなんて、俺たちには重いもんな。それで死なれちゃ夢に出てしまう。

「俺も言われてたな。向いてないってよ」

ガブリと酒を飲んで、鼻を抜ける酒気に顔をしかめた。これは悪酔いするな、とゲンナリするが、喉を鳴らして飲み込む。

「戦士になるなら臆病者がいい。勇敢さは少しずつ学んでいける。だが勇敢な者が臆病さを学ぶのは、たいてい心の臓が止まった後だ……てさ」

さらにコップをあおる。液体を喉に流し入れる。

こんな話、酔わないと舌が回らない。

「俺は恐い物知らずのガキだったからな、向いてねぇってよく言われたもんだ」

酒のせいか、クク、と笑みが漏れる。そう考えれば、あのガキんちょはわりと戦士に向いているのではないか。アイツを初めて見たときにまったく止めようとは思わなかったのは……いや寝言だな。

ガキんちょがスゲェ英雄みたいになるとこ、さすがに想像つかないし。

それに今の話題はあの新人である。酷い失敗をしてピンチに陥ったにもかかわらず、幸運にも生き残れた二人。

あれは……まるでかつての自分を見ているようだった。

「けどな、アイツらは死ぬような目に遭って死ななかったんだ。じゃあ、まあまあ学べたんじゃねぇの？」


魔力を練り、呪文を唱え、魔術を発動する。——ゴブリンの棍棒によって傷がついた短杖でも、魔術は問題なく使用することができた。

短杖の先に灯りが宿る。

店を出る頃にはもう暗くなってきていた。屋敷に帰る頃には真っ暗だろう。

灯りは早い内につけておいた方がいい。女二人での夜道は危険だが、これは防犯にも役立つ。

一般人にとって魔術とは得体の知れないもので、怖ろしいものだ。魔術士であるだけで警戒され、気味悪がられるなんてことも多い。だからこんな初級の魔術でも、わたしは魔術士ですよという自己紹介になれば、マトモな相手なら襲おうなんて考えないだろう。

ただ、仮に襲われたとしても返り討ちにしてやる……とは、もう自信を持って言うことができなかった。そう言って、マグナーンの送迎すら断ったというのに。

「大通りを行きましょう」

「はい、お嬢様ー」

言った後で、屋敷と冒険者の店との往復は細道を使わないことに気づく。この店も屋敷も大通り沿いで、距離はあるが角は二つしか曲がらない。

わたしは返事をした友人の顔を見ないようにして、歩き出す。

「……ユーネ。今日は悪かったわ」

歩き出していくばくも行かず、口を突いて出たのは謝罪だった。

「いいえー。ユーネも正直、冒険を甘く見ていましたのでー」

いつもの間延びした声が返ってくる。灯りはあるけれど、表情を覗き見る気にはなれない。

あれはわたしの判断ミスで、彼女はそれに巻き込まれて死にかけた。それは間違いのない事実なのだ。

「実はユーネ、マグナーンのおじいさまに頼まれてたんですよー。お嬢様を危険な目に遭わせないように、って。お嬢様が護衛とか雇うの絶対に嫌だって言うから、すごく心配されてですねー」

「は？」

初耳の情報に思わず視線を向ける。彼女は悪びれもせず、眉の端を下げて困り果てた顔をしていた。

「キリ君みたいな子なら無茶はしないでしょうー、って思ったんですよねー。それで、ついて行くようお嬢様に進言してー、その通りになったまでは良かったんですよー。けどそう仕向けたのなら、最後までキリ君の方針に従うようお嬢様に言うべきでしたねぇ」

「……ちょっと。おじいさまに言われていたって、わたし聞いてないんだけど？」

「口止めされてましたのでー」

この神官見習い、友人であるわたしよりも懐いているおじいさまを優先する節がある。また都から取り寄せた甘いお菓子でも分けてもらったのだろうか。

「けれどユーネ、魔物に襲われた怪我人をよく見てましたからねー。……だから、お嬢様の言うことも正しいと思ったんですよ」

改めて言われなくたって、分かってる。

わたしのことをお嬢様なんて呼んでいるが、ユーネとわたしの間に主従関係など存在しない。この友人は気弱ではあるけれど大切な事はきちんと言うし、けっこう芯の強い性分だったりするし、下手するとわたしよりも正義感が強い。

彼女だってわたしと同じだった。……それくらい、分かっている。

「……わたしたち、バカにされたわね」

本当に言うべきなのは、こっち。

石畳を歩く靴音が響く。暗くなって人通りが減ってきたからか、そんな音まで聞こえてくる。たまに見かける人たちは魔術の灯りを目にして、まるでゴーストでも通ったような顔をする。……この港町の領主は魔術に好意的だから、危険なものでなければ町中でも使用は許可されている。それでも奇異な目で見られるのは、そもそも魔術の使い手が少ないからか。

「バカにされましたねー……」

しばらく歩いて、やっと同意が返ってくる。

「…………」

無言でさらに十歩くらい歩いて、二人でため息を吐いた。

笑われたことではない。

あんな適当な口八丁で元気づけられたことが、もはや悔しいを通り越して情けない。

「二度とやらないわ」

「当然ですねー」

短杖に宿した魔術の灯りは、道の先を照らす。

「ユーネ」

「なんでしょうかぁ」

「まだ一緒に来てくれる？」

「もちろんです。やり残しがありますしー」

やり残し。

その表現は違う。間違っている。そんな言葉じゃ全然足りない。

だって、全部やってない。

わたしはまだ、なにもやってないのだ。

「あの無礼な男、相変わらず失礼な物言いだったけれど……少しだけいいことを言っていたわ。ちょっとだけ見直してあげていいって思えるくらい」

あれに教わるのは癪だけれど、あんなのでも先輩だ。せっかく相談にのっていただいたのだから、一応でも顔を立てておくのは処世術だろう。

わたしたちはまだ、冒険者として新人なのだから。

「――生きてるならだいたいのことは取り返せる。今、わたしたちは全員生きているわ。わたしと貴女。そして……彼。三人とも」

隣で幼馴染みが微笑む。その笑みに後押しされるように、わたしは見て見ぬ振りができたはずの負債へ手を伸ばす。

「まずは、取り返すわよ」

予定外にもほどがあったけれど、わたしの冒険はけっこうな赤字から始まるようで。

先の見通しなんか短杖の先の灯りほどもなくて、足が震えるほど明日が恐くって——それでも心を覆う雲には、やっと隙間が覗いていた。

ドワーフの鍛冶屋、と言えば軒並み腕が良くて軒並み頑固な偏屈だと相場が決まっている。

奴らはどいつもこいつも一級の職人であり、己の腕に自信と誇りを持っている。そしてだからこそ、彼らは仕事に美学を持ち込むことが多い。

誰でも打てるような日用品の類は扱いたがらず、高価すぎてなかなか売れないような最高級品を作りたがるくせに、気に入らない奴が買っていこうとすると怒鳴り散らして追い出してしまうワガママさ。

口八丁の値切りには絶対に応じないくせに、気に入った相手にはポンとタダでいい品をくれてやる気まぐれさ。

おかげで儲からないっていうのに、金なんか酒が飲める分だけあればいいと言い切る豪放さ。

つまり、彼らは商売が下手だった。

「子供なんぞ連れて来るんじゃねぇ」

あたしが連れてきたチビを見て、髭もじゃのドワーフは舌打ちして鉄打ちに戻る。

紅の炎が踊る高温の炉により熱された鍛冶場は非常に暑く、入り口を開けただけで肌が焼けるのではないかと感じる熱風が襲いかかってくるほどだ。

しかしその内に居るドワーフは、汗も掻かずに鎚を振るっている。……種族として身体も精神も他の種族より雑に作られている、と揶揄される彼らだが、こうして目の当たりにするとうらやましくはある。アレなら夏の暑さにうだることもなさそうだ。

「ツいてるねチビ。今日は機嫌が良さそうだよ」

「今のどこにそう思う要素があったの?」

「鍛冶場に入っても鎚を投げてこなかったでしょ?」

にひひと笑ってやると、チビの顔がサーッと青ざめる。分かりやすくて可笑しい奴だ。あのマグナーンの嬢ちゃんが侮るのも頷ける。……まあ実際、チビには大した実力なんてないのだから、侮られて当然なのだけれど。

けれど、このドワーフのおっちゃんならどうだろう。聞くところによると百十年。このヒリエンカという港町に一番長く腰を下ろしているとされるこの長寿種は、チビを見てどう裁定を下すのか。

「そう言わずに頼むよ、おっちゃん。あたしの後輩なんだ」

「断る。子供はオモチャでも持っとけ」

「お、子供はバカにするのがドワーフ流なんだ？　大切なお仕事で忙しいからオモチャで遊んでろって？　あーあお高くとまったお偉いさんなこって。命をかけて冒険してゴブリンを三匹も倒してきた戦士にかける言葉がそれとは、さすが長寿種は意識の高さが違う。その一流の鍛冶屋の腕で作ってるそれ、どのお金持ちの壁を飾る宝剣だい？　さぞお値段が張るんだろうね！」

「今作ってるのは樽（たる）を縛る箍（たが）だ。……お前が来ると仕事にならん」

深いため息を吐いて、ドワーフは手を止める。やる気にならない仕事だったか。

腕のいいドワーフの鍛冶屋だって、こういう仕事を請けることはある。なにせ腕が良くても商売下手だ。金がなかったりしがらみに流されれば、武具よりもよほど需要がある釘や鍋や農具を作るはめにもなるだろう。

だからお店の方に休業の札がかかってなかったんだな。絶対に邪魔されたくないなら、店を閉めて集中するはずだし。

「用件は？」

「ああ、実はね……」

「お前は黙ってろ」

どうやら喋り過ぎたようだ。

あたしは肩をすくめると、一歩さがる。そしてチビの背中を鍛冶場の中へ押してやった。熱気に戸惑いながらも、少年は髭もじゃドワーフの下へと歩いて行く。

まあ、儀式みたいなものだ。ここがダメなら他へ行けばいいのだから、あたしは気楽に見ていればいい。

「ゴブリンとの戦いで槍を壊しました。直せますか？」

「見せてみろ」

やはり機嫌がいいのか、あるいはアガらない仕事よりはマシだと思っているのか、ドワーフはその一言だけでチビから槍を受け取った。……今のは普通だったら怒鳴りつけられるワードだ。直せるかどうかなら直せるに決まってるのだから、それを聞くのは職人への侮辱だろう。子供に甘いね、おっちゃん。

ドワーフという種族は正直、あたしにはよく分からない。

人間の町はいくつか回ったが、ある程度大きい場所であれば奴らはけっこうな確率で居着いている。そして鍛冶や大工、細工などの職人や、木こりや鉱夫などの肉体労働者として根を下ろしているのだ。

ハーフリングのように旅好きというわけでもなく、エルフのように自分たちの住処に引っ込んでいるわけでもない。

長寿種の余裕だろうか？　それともなにかそういう風習でもあるのか。あたしにはよく分からないが、彼らはわざわざ自分たちの王国から旅立って、まるで溶け込むように人間の町で腰を下ろす。

「ふん。ヘタクソだな」

槍の穂先を見て、髭もじゃのドワーフは鼻で笑う。

「無理な角度で押し込んで骨を無理矢理砕いたな。刃こぼれの仕方が素人だ」

「そんなの分かるんですか？」

刃の状態を見ただけで腕を計るドワーフと、それに驚くチビ。

職人は斥候よりも目ざといものだ。投げナイフを外して石に当てたときなんか、延々と小言を言われてしまう。

「この腕でよく生きていたもんだ」

「僕もそう思います」

「なら、なぜ戦った」

床が響いたような、低い声だった。

「怒りで武器を振るったな、小僧」

炉の炎が猛る。

主の心情に火の精霊が呼応でもしたのだろうか、憤怒のように部屋を熱し、灼くように照らす。

「――――はい」

部屋の入り口からでは、チビの後ろ姿しか見えない。だから、どんな顔をしているのかは分からない。

けれど、なんとまあ、だね。なかなかふてぶてしい声を出すじゃないか。

「……ふん。嫌になる目だ。最悪だ。さすがチッカの連れてくる厄介者だ」

なんだ、存外に信頼されてるね。厄介じゃなければこんなトコに連れてこないって分かってるんだ。

「すみません」

「謝るな浅ましい」

子供相手にまっすぐに睨み付けながら、ドワーフの声に一切の遠慮はなかった。

あの槍先と今の受け答えからいったいなにを読み取ったのだろうか。酷く不機嫌で、酷く真摯で、酷く硬い対応。

まるで、それが己の役割であるかのように。

「理由も義もあり憤怒し、だから戦ったこと自体に迷いはない。いかにも頭が幸せな小僧の論理だ。それに任せてしまえば楽なことだろうよ。――己の怒りは正しい。だからどれほど雑なことをしても間違っていない、だ。その結果がこの槍だろう」

チビの表情は見えない。後ろ姿しか見えない。こちらから見る限り、ただ黙って聞いているように見えた。

「怒りは敵を焼き殺し、しかし身の回りを焦がし、いずれ己をも灼き尽くす。最後は灰しか残らん」

コトリ、と槍の穂先が炉の横の台に置かれる。刃に赤々と炎が反射する。

「貴様が持つ武器が可哀想だな、どうせ全部折っちまう。どれだけ丹精込めて打ったとしても、最後には溶かすことになるだろう。貴様の目はそういう目だ。頼むからここの武器は買ってくれるなよ」

ふうん、とあたしは目を細めた。良かったねチビ。売ってくれるってさ。……まあここの店で買うには、もっと稼がなきゃいけないだろうけれど。

武器は戦いの道具だ。そりゃ大切にはしてほしいが、一度も使われずに飾られるよりは使い潰された方が本望。むしろ役目をまっとうし壊れた姿こそ、武器の完成系と考える。……この面倒くさい偏屈の価値観はそんなところで、そういった美学を持つところがいかにもドワーフらしい。

ニヤニヤと笑っていると、髭もじゃドワーフは舌打ちしてこちらを睨み付けてくる。本当に商売下手だね。それが客に対する態度だろうか。どれだけ腕が良くても、その眼光だけで他へ逃げる者も多いだろうに。

「金も腕も才もない、クソみたいな客だな。次はもっとマシなのを連れてこい」

「気に入ってくれたようでなによりだよ」

あたしたちのやりとりにチビが目をパチパチとまばたきして見てくるが、客と呼んだのならそういうことである。

「それじゃ、おっちゃん。修理ヨロシク。なるべく早めでね」

あたしは手を振って、チビの腕を引いて鍛冶場を退散する。

この偏屈で頑固な鍛冶職人の下にこれ以上長居すれば、どんなイヤミが飛んでくるか分からない。

長々とした説教が始まるのは避けたい。

「明日のこの時間に来い」

おや、と声が出そうなのを我慢した。どうやら樽の箍の仕事を放って仕上げてくれるようだ。

ドワーフは鉄の声を聞くという。あのおっちゃんにそれだけ気に入られたのなら……あの槍先の刃こぼれはきっと、舌打ちしたくなるほどに多くのことを物語ったのだろう。


「人間の町だと、あたしたちハーフリングは異種族だからね。だからいろいろなトラブルとかが発生するんだよ。で、そういうとき、その町に居着いているドワーフに知り合いを作っておくとなにかと便利でさ。なにせ真面目に仕事してるから信用はあるし、騙したりはぐらかしたりってのが大嫌いな連中だ。気に入られれば口利きくらいはしてくれるから、一番の古株を真っ先に探したよ。……あぁ、ちなみにドワーフでも冒険者はダメだよ。奴らは酒飲んで暴れてばかりだから、町民たちからの信用なんてないし」

「もしかして、だからあそこに連れて行ったの？　僕人間だけど？」

「よそ者には違いないでしょ」

髭もじゃドワーフに槍を預けて、冒険者の店へと戻る。帰り道はもう暗かった。

さすがにもう終わっているだろうけれど、あちらはどうなっただろうか。きっとロクなことにはなっていないだろうな、と自然に思って、肩をすくめる。

どうでもいいと言えばどうでもいい話だ。あの二人であれば冒険者を辞めたところで生きていくアテくらいあるだろうし、冒険者を続けるならそれこそ知ったことではない。自由なのだから好きにすればいい。

なるようになるし、なるようにしかならない。あたしからしたら、惨敗してヘコむウェインと拗ねるシェイアの愚痴に付き合うことの方が心配だった。

「チビ、さっき言われてたね。怒りで武器を振るったって」

髭もじゃドワーフには分かっていたのだろう。チビが持ってる安物の槍を直す程度、他の鍛冶屋でもできる。わざわざあそこに持っていく必要はない。

それでも連れて行ったのは、鉄の声を聞くというドワーフの耳を借りたかったからだ。

「怒りで無謀な突貫をして、ゴリ押しでゴブリンを三匹も倒して、その結果が折れた槍と額の傷と、ワリに合わない安い報酬だ」

あたしは足を止めた。

暗い路地だ。二階建ての建物に月も隠れ、大通りの篝火も届かない。こういう話をするのにちょうどいい場所だろう。

「怒りは判断を誤らせる。細かいことに頭が回らなくなる。いろんなことが雑になる。その状態で自分の気分を押し通そうとするから、ロクなことになるわけがない。怪我も損もして当然で、なのにそれを考えなくなるもの。つまり、怒りってのは甘えだよ。そんなんで武器を振るうなら、怒られて当然だ」

チビも立ち止まる。あたしを見てくる。

暗いからよく分からないけれど、どこか不満そうな表情をしているように見えた。

「弱いくせに、二人でゴブリンが待ち構えてる場所へ行っちゃったんだよ。止めたのに」

まあ、悪いのはあっちだろうね。だからチビは怒って、その怒りのままゴブリンと戦った。

「そんなの見捨てればよかったのに」

「怒るよ?」

「なんで?」

つまりその怒りは正当で、反省はしても後悔はしてなくて、正しかったと思っていて、だからふてぶてしい声を出すのだ。

髭もじゃドワーフが気に入ったのはそこだろう。自分ではない誰かのために怒り戦う者を、あの種族が気に入らないワケがない。

「弱いくせに恐い魔物がいる場所へ向かったのは、チビも同じでしょ？　一緒になりたくないなら見捨てるべきだ」

けれど、あたしはハーフリングだ。戦うよりも逃げることの方が得意な種族。

だから問う。

「今、あたしは止めたよ。次に同じことがあったら、見捨てることができそう？」

「………………」

即答しないか。誠実だね。こんなの適当に答えておけばいいのに。

「あの二人はまあ、そこそこ真面目に努力してきたんだろうね。だから自分たちはできると過信しているし、強い魔物ならともかくゴブリンくらいならどうにかなるって思ってしまう。そうして致命的に間違うんだ。そうやって死ぬ新人は多いよ」

実際、よく聞く話。けれど普通に生き残る者もいるから、止めてやるのも余計なお世話。

しょせんゴブリンはチビみたいな子供にだって倒せるような魔物だし、それを甘く見て死ぬようなら向いてなかったということ。せいぜい軽く助言をしてやるくらいが親切の範囲だろう。

「特にあの嬢ちゃん、わざわざ冒険者になるために準備してきたタイプでしょ。そういう奴は冒険に夢見てるから厄介でね。だいたいろくなことをしないもんさ」

これはただの予想だけれど、有力商人、それも海塩ギルドの長の孫娘なんて言ったら、なかなか窮屈な生き方を強いられてきたのではないか。そんなのが冒険者に憧れ、実際になってしまって、初めての自由を手に入れて……きっとその目に映る全てが、良くも悪くも刺激的だったに違いない。

店に来て早々ウェインに、向いてないからやめとけ、なんて言われたときどう思っただろうか。

初めての冒険で見た光景は、どれほど輝いていただろうか。

酒を飲んで遊んで適当に過ごしている先輩冒険者たちには負けたくないと、軽蔑の目で見ただろう。

どうせパーティを抜けるんでしょ、なんて態度をチビにされたときは、それはもうショックだっただろうさ。

甘く見た魔物相手に殺されそうになって、助けられて、まあドン底の気分だろうね。

そんな女の子を、彼はどんな目で見ていたのだろうか。

「チビはああいうタイプじゃないでしょ。なにもできないのに生きていくため冒険者になって、今でも槍は訓練中で、ゴブリンも恐い。あの二人とは全然違うよね。なのに、魔物が待ち構えている場所へわざわざ行くようなバカに付き合う必要はなかった。見捨てれば良かった。——弱いくせに、それを分かってるくせに、わざわざ戦いに行ったのはなんで?」

にしと笑って、からかうように言ってやる。

彼女たちが危ないのだから助けに行くのは当たり前、なんてことはない。むしろ見捨てるのが当然だ。ゆっくり帰ってメシでも喰いながら待ってやって、帰って来たら軽く手を挙げて皮肉でも言ってやるのが正しい対応だ。もちろん帰ってこなかったらそのまま寝ればいい。

冒険者は自己責任であり、冒険中にパーティが決裂することは多い。だから、それを薄情だなどと言う者もいない。

「僕は……」

言いにくそうにチビが口を開く。

あたしは目を閉じて聞く。

「あの素人たちの首根っこを引っ掴んで引きずって下山して、思いっきり文句を言ってやるつもりだったんだ」

思わず吹き出してしまったけれど、こんなの誰もあたしを責めることはできないだろう。

いいね。ここで甘っちょろいことを言うようだったら叱ってやるべきだったが、これではあたしに言えることはない。だって冒険者ってのはそんなものだ。

「文句は言った？」

「……まだ」

残念。それなら半端者だね。

作法がなってないよ。

「なんで言わなかったの？　言ってやれば良かったのに。勝手に先へ行って、それでゴブリン相手に殺されそうになってたのを怪我してまで助けたんでしょ？　いくらでも言う権利はあったはず」

「その……リルエッタを殴っちゃって。それで気まずくなって」

ははぁ。なるほどね。だから店に帰ってきても、大したことは言えず分け前のお金だけ置いて逃げて来たのか。

うん、だいたい分かった。あたしは肩をすくめてみせる。

「チビはパーティの仲間ってのが分かってないね」

「どういうこと？」

「冒険者は我の強い者の集まりだから、パーティは基本的に六人以下で組む」

夜の空気を楽しむように、あたしは鼻で息を吸う。人間であるチビは、この涼しくやわらかな風を感じられるだろうか？

「我の強い冒険者が、その我の強さのまま維持できる人数の限界がそれさ。そのためにわざわざ少人数で組むんだから、遠慮なんてしちゃいけない。気に入らないことは全部言ってやって、逆に向こうの言い分も全部捲し立てられて、時には殴り合いだってするもんだ。それで妥協点を探し合って、それでもダメなくらい合わない相手だったら、そのときはパーティ解散しちゃえばいい。ああ、決裂するならできるだけ派手な喧嘩別れがいいね。その方がみんなの酒の肴になるでしょ？」

「べつにお酒の肴になりたいわけじゃないからね？」

「なればいいの。店中に知れ渡れば、あいつがフリーになったならパーティに誘ってみようかな、とかってなるかもしれない。どんな形であれ、冒険者は目立つのも重要だよ」

チビがハッとした顔をする。……いやまあ、そこまでの顔をされるような内容ではないのだけれど。

でもあたしからすれば、決裂の内容よりも決裂の仕方に文句があるのは確かだ。冒険者パーティの解散なんて珍しくないのだから、あんな感じは良くない。余計なわだかまりを残すのなんかヘタクソで見てられない。あれでは顔を合わせるたびに気まずくなって、どちらかが店を変えるしかなくなる。

気が済むまで喧嘩してからだったら、顔を合わせるたびにメンチを切り合うくらいの清々しい関係でいられるものだ。

「辛気くさいのなんて、冒険者が一番嫌うことだよ。次に会ったときは思いっきり怒鳴りつけてやんな」

「う……」

すごく苦手そうに、チビは微妙な顔をする。――まあ、その顔が見られただけでも、こんな話をしたかいはあったかな。

「よし、この話はおしまい。ところでチビ、明日だけど槍がないから冒険行けないでしょ？　一日空いてるよね」

シェイアじゃないけれど、あたしも約束は守る方だ。ただいくら爺ちゃんの頼みとはいえ、慣れない役はやっぱり疲れる。こういうのはサッとやってスパッと終わらせるのがいい。

そんなことより明日の話だ。

ウェインは戦い方を教えていて、シェイアはこれから魔術を教えるという。それなら同じくムジナ爺ちゃんに頼まれた冒険者として、自分もなにか教えるべきだろう。

あたしは大通りに向かって歩き出しながら、手のかかる弟分へ明日の予定を切り出す。

ハサミで、風切り羽を切る音を覚えている。
年上の従姉妹は小鳥を飼っていた。白くて小さくて可愛い鳥。人差し指を近づけるとなでてほしそうに頭を差し出すような、人懐っこい子。
窓も扉も閉め切って鳥籠の外に出て、膝の上にのせられて、その子が羽を切られるとこを見たことがある。遊びに行って扉を開けてしまって、小鳥は逃げなかったけれど、大人しい従姉妹に驚くほど大きな悲鳴をあげさせてしまった。
人に飼われる鳥が逃げてしまうと、三日と生きられない。籠の外を知らない小鳥は餌を探せず外敵から身を守る術も持たず、すぐに死ぬ運命だ。

だから風切り羽を切ってあげる。空を飛べないように。万が一にも逃げてしまわないように。

パチン、と。


自室に戻る。鳥籠に戻る。

仰向けにベッドに寝転がって、両手を広げる。

指先が震えていた。安全なマグナーンの屋敷に帰って来て、自分の唯一の縄張りである自分の部屋に戻って、今さらになって死ぬところだったという恐怖がわたしの身を震わせた。

「…………」

震える指先を眺める。そうして、ああ、わたしは生きて帰ってこられたのだ、と自覚した。鳥籠から飛び立って、自由な外の世界を見て、この場所へ戻ってきた。

暖かい寝台の柔らかさを噛み締める。

「あの子はどうしているかしら」

従姉妹は風切り羽を切られた小鳥を連れてお嫁に行った。商人同士の政略結婚だ。

噂によると、少し頼りないけれど真面目な夫と共に幸せに暮らしているらしい。きっと小鳥も元気だろう。

籠と締め切られた部屋の中だけで過ごし、飛べないよう羽を切られ、寿命まで安寧に生きる。——

それが幸せなのかは知らない。けれど外の世界で容易(たやす)く死ぬのは間違いなく不幸だろう。籠は弱い者を閉じ込め、守るためにあった。

ここにいれば安全だ。籠の中なら安全だ。口を開けて待っていれば、いずれ幸せが与えられるかもしれない。

「風切り羽は、まだ切られてないわ」

羽が伸びて生えそろい、籠から出て窓が開いていて、眩(まぶ)しい陽の光が差し込んでいたら。

もし逃げられるとしたら、小鳥はきっと空へ飛んでいく。

飛び方が分からなくて翼が折れて落ちたとしても、恐い敵に襲われたとしても、ボロボロになったところで保護されて飼い主が泣きながら抱きしめたとしても。

また飛べるようになってその機会があれば、小鳥はバカみたいになにも考えず、何度でも自由へと飛び立つと思う。

「……冒険者はみんな、ダメ人間だそうよ」

きっと、それは言い訳なのだ。

ダメ人間なのだから仕方ないと、そうしたいのだからバカを繰り返すのだと、平穏な生活を選ばない自分に諦めながら冒険へ挑み続けるための言葉。

小鳥のように恐怖を忘れ去るための呪文だ。風切り羽を守るための道化の振る舞いだ。

「冒険者、ね……甘く見ていたわ」

そんなダメ人間にはなりたくないなら、言い訳はするべきではない。
だから、とても恐いけれど。もし拒絶されたら今度こそ羽根は折れるだろうけれど。
それでも、明日は真正面から挑もう。

第七章

空は蒼く、海は蒼く

木窓から漏れ入る朝日で目が覚め、ゆっくりと身体を起こす。

まだ朝の早い時間。けれど寝藁を薄く敷いただけの寝床は硬くてチクチクして、あんまり寝心地は良くなくて、二度寝とかは全然したくならない。寝るときはすぐ眠ってしまうからいいのだけれど土が剥き出しの床に手を突いて、上半身だけ起きる。腕についた藁を落として瞼をこすり、手をいっぱいに上げて伸びをする。

あんまり気分のいい朝ではなかった。

昨日はあれからどうなっただろう。気になったけれど、帰ってきたときにはウェインがテーブルで酔い潰れていて、シェイアにいたってはもう店にいなかった。

さすがに戦いの練習もする気にならなくて、魔術の本も読む気にならなくて、結局そのまま厩へ来て横になったのだけれど……そこから記憶がない。たぶん泥のように眠ったのだと思う。

それだけ寝ても疲れはまとわり付くように残っていた。

I cheated my age because the Adventurer's Guild only allowed entry from twelve.

手には折れた槍の柄でゴブリンを殴打した感触。額にはどろりと垂れる自分の血の感覚。瞼の裏には女の子の涙が焼き付いている。

身体は起こしたけれど、なかなか立ち上がれなかった。寝藁に座ったままあぐらをかいて、もう傷のない額をさする。

痛みも痕もないその場所に触れると、まるで昨日のことが嘘だったかのように思えてくる。もしかしたら夢だったのではないかと疑いたくなる。そう願いたくなる。

――けれどあれは、間違いなく実際にあったことだ。視線を少し動かせば、切れ込みが入って布が血で汚れた鉢金が視界に入る。鍛冶屋に預けた槍もない。現実はきびしいことに、あったことをなかったことにはしてくれない。

「……お腹すいた」

くぅう、ってお腹が鳴ってしまって、僕はペコペコのお腹を押さえた。……そういえば昨夜は夕食を食べていない。いろんな事がありすぎて食事をとるのも忘れていたらしい。それだけいっぱいいっぱいだったんだと思う。

空腹はダメだ。ひもじいのはダメだ。どんどんダメな気分になる。

食べたいものはなにも思いつかなかったけれど、なにかお腹に入れなければと、重い身体を引きずるように立ち上がった。

服を着替えてお金の入った袋を持って、馬房を出る。隣の馬房では芦毛の大きい馬――ヒシクがまだ寝ていたから、起こさないよう手だけを振っておいた。ピクリとも反応せず気持ちよさそうに眠っているその姿はいつも通りで、ちょっとだけ安心する。

外に出て、日の光に目を細める。

今日は憎らしいほどの晴天。絶好の冒険日和のハズなのに、冒険へは行けない。なぜなら槍がない。武器も持たずに町の外へ行くのは危なすぎるから、お休みするしかない。

はぁー、と長く息を吐いてから、店の表側に回る。昨日早くに寝てしまったからかまだ日の位置が低い。そういえばこの時間だと、もしかしたら注文できるのは生野菜だけかもしれない。

皮も剥いてない野菜に塩をつけて食べるアレは思い出深くはあるけれど、だからってそんなに食べたいものではなくて……でも今は、それでもいいかって気分だった。むしろそれしか注文できなかったら、選ぶ手間が省けていいって思ったくらい。

片手でお腹を押さえながら、もう片方の手で扉のノブを掴み、開く。

そこに、その二人はいた。

艶のあるチェリーレッドの髪。勝ち気そうな目。細く小さい、華奢（きゃしゃ）と言ってもよさそうな体格なのに、炎のような苛烈さを感じさせる少女。

そして大きな帽子をのせたふわふわした栗色の髪と、柔和な笑顔を湛えた神官見習いの服をまとう少女。

「おはよう、キリ」

「キリ君、おはようございますー」

挨拶されて、驚いてパチパチとまばたきしてしまう。

「リルエッタ……ユーネ」

店の入り口で、二人は並んで立っていた。リルエッタは挑むように腰に手を当てて、ユーネは祈るように胸の前で手を組んで。

まるで、誰かを待つように。

「えっと……こんな朝早くに、どうしたの？」

「キリ君を待っていたんですよー」

ユーネのフワフワした、けれどいつもよりちょっとだけ緊張した声が答えてくれる。どうやら待ち人は僕らしい。

「……そう、貴方を待っていたの」

しばらく睨み付けるように僕を見たリルエッタが、腰から手を離してそう言った。すごく硬い声だけど、ちょっと安心する響き。

ああ、いつもの彼女だ、と。

椅子に座って怯えたように身を縮めていたあの様子はもう完全になくなっていて、声にも、綺麗な翡翠色の瞳にも、普段の彼女らしい意志の強さが戻っていた。

「…………」

翡翠の瞳が見つめてくる。正面からまっすぐに。

彼女たちは僕を待っていたと言った。ならなにか話があるのだろう。僕は相手が口を開くのを待つ。

……きっとこのわずかな沈黙は、心の準備に必要な時間だったのだろう。

「昨日は、悪かったわ」

意を決したように、まるで挑みかかるように、その謝罪は僕の目をまっすぐに見たまま発せられた。

あまりに堂々と言うので、聞き間違えたのかと思ったくらい。

「わたしは判断を間違え、一方的にパーティを抜けて勝手に行動し、わざわざ窮地に飛び込んだ。その結果、助けに来てくれた貴方まで危うい目に遭ってしまった。今はもう、全部分かってるつもり。

……だから、まずはそれを謝らせて」

毅然とした表情で僕を真正面に見据え、胸に手を当てて、けれど声は震えていて。

一片のごまかしもする気はないと、全ての非難を受け止めようと、彼女は己が犯した罪へ向き合う。

その姿を見て、ああ——と、理解した。

尊いほど正しくあろうとする姿勢に、きっとこれだったのだ、と気づかされた。

僕が持つべきだったものは、一歩を踏み出すために必要だったものは、きっと怒りではなかった。

「……こっちこそ、叩いちゃってごめん」

昨夜、次会ったら怒鳴りつけてやれ、と言われた。そうするのが冒険者なのだとチッカに言われた。けれどできなくて、代わりに出てきたのは謝罪の言葉。

僕が昨日、言えなかった言葉。

戦闘の記憶はかなり断片的だった。二人がゴブリンに襲われているのを見た辺りからだいぶん怪しくって、光景は思い出せるけれど上手く繋がって思い出せない感じ。

怒りで興奮してたからかもしれないし、頭を殴られたからかもしれないけれど、とにかく自分でもなにをやったのかイマイチ思い出せない。三匹もよく倒せたな、どうやったんだろう、と思ってしまうくらいだ。……チッカにそれを言ったら、ギリギリの戦闘の後にはよくあると言っていた。

その中で特に記憶に残っているのは、燃え上がるような激しい感情と、命を奪う生々しい感触と、女の子の涙。

——そして、彼女を叩いてしまったこと。

「あれは当然だわ。わたしが悪いもの」

当然などではない。そんなはずはないのだ。

二人を止めるとき、もっと他に言い方はなかったのか。

なぜ首根っこを掴んで引きずって戻すという方法を、二人が行ってしまう前に思いつかなかったのか。

本当に叩く必要なんてあったのか。

どれか一つでも違っていればもっと別の結果になっていたかもしれない。そんな後悔が棘のように心を刺していて……けれど、僕はその痛みから目を逸らしていた。

間違っていたのは彼女たちで、正しかったのは僕で、けれどそれは結果にすぎなくて、過程はどっちもどっち。だから棘が残るのなんて当然で、たぶんこの機会がなかったらずっと僕の心を刺し続けていたはず。

やっぱりリルエッタはすごい。僕たちはやり残したことだらけだった。なに一つ終わらせていなかった。なにもやらず、ただ逃げただけだった。――それを、真正面から打ち壊したのだ。一番難しい方法で。

「それでね、キリ。今日は改めて貴方にお願いがあって来たのよ」

「ユーネからもお願いしますー」

お願い。――それは、僕がウェインとシェイアに向けて言った言葉。

きっとリルエッタとユーネがこうしてやって来たのは、あの二人が話をしたからでもあるのだろう。このままでは良くない。これで終わるのはダメだ。なんとかしたい。そう思って、けれど僕がどうしたいのかはなにも思いつかなくて、ただただ自分でも分からない望みを分からないまま人に押しつけ、あの居たたまれない場所から逃げ去った。――そんなのが正解だったハズがないのに。

これは、その結果。

いったいどんなやりとりがあったのかは知らないけれど、巡るようにして返ってきたその言葉に、僕は身構える。

「貴方のパーティへ正式に入れてくれないかしら」

――あの二人はいったいどんな魔法を使ったのだろうか。

予想外すぎて、驚きすぎて、どうしたものかと人差し指で頬を掻いて。

僕は彼女たちは冒険者を辞めてしまうと思っていたし、続けるにしても当初の予定通り他の仲間を探すと思っていた。少なくとも、僕と彼女たちがまた一緒に冒険へ行くことはないだろうと。

それが、こんな。

「うん、分かった」

大した考えなんかなくて、ただそうしたいな、と感じて。

気づけば、頷いていた。

「もちろん厚かましい話だと分かっているわ。けれど、わたしたちとしてもあのままで終わりたくない……――え？」

危うく死ぬところだったのだ。全滅するところだったのだ。いくら魔術が使えても、魔物を甘く見てパーティを危険に晒すような仲間はいらない。

だからこれがウェインやシェイア、チッカ辺りだったら、きっと断ってただろう。もしムジナ爺さんだったら、大笑いしてから手ひどく突き放していたのではないか。

けれど彼女は自分の非を認め、真正面から謝りに来た。後悔し、反省し、自分がやったことにまっすぐ向き合って、また僕の前に立ったのだ。だったら……それをすごいと感じたこの心に、任せてしまっていいのではないか。

――僕も、このままで終わりたくないし。

「いいよ、正式にパーティを組もう。よろしく、リルエッタ。よろしく、ユーネ」

返事をして、まだ驚いて固まっている二人へ握手の手を差し出す。

断られると思っていたのだろう。そうじゃなくても、嫌がられると思っていたに違いない。

けれど……僕にとって彼女たちは、この町で初めてできた歳の近い友達で。この二人とまた冒険に出られることが、やっぱり嬉しかったから。

差し出した手を二人に握り返してもらって、やっと僕は心から笑えたのだ。


「……それで、どうしてこうなるの？」

不満そうなリルエッタの声に、僕は頭を掻いた。

視界には水の蒼と空の蒼。どこかベタつくような、けれどワクワクしてくる潮風。耳をくすぐる波の音。歩くと足跡がくっきりつくのが面白い、不思議な感触の砂浜。

生まれて二度目になる海の景色は、隣にふくれっ面の女の子がいた。

「槍の修理、今日の夕方に取りに来てって言われてるんだ」

正直に告白すると、ぐ、とリルエッタが怯む。槍が壊れたのはゴブリンと戦ったせいで、つまりは彼女たちのせいでもある。

「ああー、どうりでキリ君、鎧つけてないしカゴも背負ってないなって思ってましたよー」

リルエッタの向こうには、すっかりいつものフワフワした調子を取り戻したユーネが歩いている。

彼女は今日もちゃんと服の下に冒険用の鎧を着込んでいた。長柄のメイスもしっかり背負っている。……なんだか申し訳ないな。事前に今日はお休みだって言える状況ではなかったけれど。

「でも鎧を着てないキリ君も新鮮ですねー。鉢金がないと印象も変わりますしー」

「そうね。あの革鎧、全然似合ってないもの。そうしてると普通の子供みたい」

「まあ、そうかもね……」

ちょっと前まで冒険者になるとか夢にも思ってなかったからね……。

「おーい、こっちだこっち！」

先を行くチッカが岩場の方で手を振った。

砂浜が途切れ、海にせり出すようにゴツゴツした大きな岩がたくさん積み重なっている場所。

「足下、濡れて滑るから気をつけなよ。隙間に落っこちたら引き上げられないからね！」

「そんな危ない場所に連れてこないでよ……」

「冒険者がなに言ってるのさ。ここは穴場なんだよ。お宝を探すのと同じで、釣りは場所選びからだぞチビ」

冒険と釣りって同じなんだ……。そっかーはじめて知ったな……。

「ねえキリ。あのハーフリング、今日はやけにイキイキしてない？」

「チッカはすごく釣り好きなんだ。たぶん釣りをやるために冒険者やってる」

今までも誘われていたけれど、釣りより薬草採取に行きたかったから断っていた。けれど槍を壊して、修理してくれる鍛冶屋を紹介してもらって、そしてその店で丸一日かかると言われて、じゃあ明日は暇だよねと誘われればもう断れない。だってたしかに予定はない。

こっちがそんな気分じゃないというのに、そういうときだからこそ気分転換は大事だとか、波の音に身を委ねてると無心になれるとか、さんざん捲し立てられて今日の約束を取り付けられてしまった。

けれど……まさかこの人数になるとは。

「おーい、荷物ってこの辺でいいか？」

「……ねむい」

「あの二人は当然のようにいるし……」

「うん、僕もなんでいるのか分かんない」

一人で大荷物を運んでいるウェインと、その横をまだ寝ぼけ眼で歩くシェイア。その姿をリルエッタがプルプル震えるほど拳を握りながら、苦々しい表情で睨み付ける。

……なんだろ。昨日すごくいい感じで相談に乗ってもらったのなら、絶対にしなさそうな顔なんだけど。

「ほらチビ。それに新人二人。竿貸してやるからやってみなよ」

ウェインが荷物を置いた場所まで辿り着くと、さっそくチッカが釣り竿を投げて寄越してくれる。

釣り竿は当然のごとく人数分あったけれど、これでもまだ彼女のコレクションの一部でしかないことを僕は知っていた。

「あ、そういえば餌はこれだけど触れる？」

「ひぃっ」

「ちょ、虫！　虫じゃないの！」

チッカがふと思いついたかのように小さな容器から取り出した虫を見て、僕の隣の二人がビクッと後ずさる。……ええと、なんでそんなに驚くのだろうか。釣り餌に使うのなら毒とかないと思うけれど。

「ああやっぱり。チビは大丈夫？」

「え？　うん、たぶん大丈夫」

「じゃ、最初だけ餌をつける手本見せるから、チビが二人の分もやってあげな」

「いいけど……」

なんで？　と首を捻ってしまうけれど、なんだかリルエッタとユーネはすごく怯えた表情をしているので、そういうものかと納得することにした。

手本を見せてもらっても特に難しくはなくて、大した手間でもない。これくらいなら任されても問題ないだろう。

濡れて滑りやすい岩場を慎重に登って、ちょうどよく三人で座れそうな場所を見つけて、二人を呼ぶ。おずおずと渡された二人分の竿の針に餌をつけてあげて、自分のにも同じように仕掛ける。

「キリ……貴方すごいわ……」

「田舎の子って強いんですねー……」

なんだろ、なんか納得いかないぞ。冒険の最中にもっと大事なことを伝えたときより驚かれてるのなんで？

釈然としないまま座って、よく分からないけれど糸を垂らす。たしか、チョイチョイと動かしてやるといいんだったっけ。

「たくさん釣って。私の分も」

「シェイアはやらないの？」

「火の準備しておく」

岩の下からそれだけ言って、シェイアがちょっと離れた場所へ移動し座り込む。

彼女なら魔術で火くらい簡単に用意できるから、あれはサボる気満々だ。ねむいって言ってたし、たぶんここで寝るつもりだろう。魚好きなはずなのに釣りは面倒くさいんだ。

「俺、釣りはイマイチ合わねぇんだよなぁ。待つのが性に合わないっつーか、だんだんイライラしてくんだよ。……よし、潜って貝とか採ってくるわ」

言うが早いか、ウェインが木のバケツを持って振り回しながら砂浜の方へ歩いていく。

今日は暖かいけど、まだ水の中って冷たいんじゃないのかな。それとも海は川とは違うのだろうか。

「それじゃ、あたしはもうちょい奥にいるから、なにかあったら大きい声で呼びなよ」

チッカが竿とバケツを持って行ってしまう。お気に入りの場所でもあるのか、もしくは話し声で魚が逃げるのを嫌ったか。

散開し、三者三様に行動する先輩たちを岩の上から目で追って、そういえばこういう人たちだったなぁと呆れてしまった。

自由だ……冒険者って自由なんだな。一緒に遊びに来たのにバラバラになるくらい自由なの、この人たちだけかもしれないけど。

リルエッタとユーネと僕は呆れ顔を見合わせて、フッと笑った。あの三人になにを言っても無駄だから気にしないでおこう、ってお互いの顔に書いてあるようだった。

ちょうどいい岩場を探して、並んで座って、糸を垂らす。

日差しは暖かで、潮風が気持ちよくて、波音は心地よくて、遠くで海鳥がゆったりと飛んでいた。嵐のようで炎のような昨日に比べ、嘘のように穏やかな時間が流れる。

「ねぇ、キリ」

「なに？」

声を掛けられて振り向くと、釣り竿を両手で持ったリルエッタは糸の先をじっと眺めながら、口を開く。

「わたしはきっと貴方に、パーティから抜けないで、って言われるような冒険者になるわ」

——つまり、お嬢様はキリ君に引き留めてほしかったんですねー。

前に彼女を怒らせてしまったとき、ユーネに言われたことを思い出した。

あのときは二人がすぐに別のパーティへ行ってしまうと思っていたから、引き留めるなんて思いつきもしなかった。

「でも、そうなったら引き留めても出ていっちゃうんじゃない？」

パーティを抜ける人は引き留めてほしいだけで、出て行きたくないわけではない。いずれ僕が二人にとって有用でなくなったのなら、そのときはやっぱり送り出すのが彼女たちのためだろう。

「……そうね」

リルエッタは頷いたけれど、なんだか不満そうで、ふくれっ面だった。

しばらくそうしたまま、波の音が何回か響いた後にやっと、彼女はまた口を開く。

「だから、わたしたちに見捨てられないよう、貴方も頑張りなさい」

……あー、と。蒼い空を見上げる。

そうか、と目を閉じて、なるほど、と肩の力を抜いた。

「ん、分かった」

きっとそれがパーティなんだって、僕はやっと気づいたのだ。

エピローグ

冒険者の店には基本、ロクデナシのダメ人間が集まるもの。だが新人の中にはたまに、まだ頭がマシな奴がいる。

だがそいつらはマトモであるがゆえに、ロクデナシはしないような失敗をして酷い目に遭い、そしてマトモだからこそ失敗を引きずるのだ。

それなりによく見る光景で、新しく来た二人はまあ、そういうタイプだった。

「それで、結局あの三人で組むことになったのか」

朝の早い、まだ冒険者たちが少ない時間。

扉を開けてやって来た二人の少女が、テーブル席で朝食を摂っていた子供を見つけ近寄っていく。

軽く挨拶を交わして、同じテーブルにつく。

頼りない新人三人組のパーティ。最近になって見るようになった光景だ。だがゴブリンを倒してきた日、もう見ることはないだろうと予想した光景である。

「そうそう。意外だよねー、まさかチビを選ぶなんてさ。バルクは予想してた？」

赤髪のハーフリングが笑って答える。一枚噛んでいるだろうに白々しい。

「いびつなパーティ」

コメントしたのはとんがり帽子の魔術士だ。そう思うのだったら、半端にお悩み相談なんかせず解散させてやればよかったんだ。

「ま、いいんじゃね？　パーティなんて組んでみなけりゃ分からねーんだし」

バカは黙ってろ。

はぁ、と大きな息を吐く。コイツらは余計な事ばかりする。

魔術士と治癒術士。貴重な術士の二人が必要とするパーティの仲間はどんな者か。……考えるまでもなく前衛だ。だがその役に選ばれたのが、薬草採取専門の子供とは呆れ果てる。

意外で、いびつで、よく分からないパーティだ。野外斥候と魔術でできることの幅は広いが、冒険者として肝心の戦闘は苦手で、戦闘向きではないのに治癒術士がいる。

パーティというのは多かれ少なかれ、請ける依頼の傾向を考えて組むものだろう。こういった仕事をやっていきたいから、それに役立つ能力がある奴を募集しよう、みたいな感じのはずだ。けれどあの三人はそういう経緯を踏んでいなくて、だから構成に歪みが出る。

ああクソ……立場上、どうしても冒険者の店の主という視点から見てしまうな。パーティ構成など当事者たちの問題だ。もったいない、ヘタクソ、意味分からんなどと思ったところで、人である彼らをゲームの駒のように入れ替えることなどできるわけはない。

「で、バルクさぁ。チビにあげるものがあるんじゃないの？」

そう言ってきたのはチッカで、シェイアが続く。

「ゴブリンを倒したらEランクに上がるはず」

「前のときは俺らがほぼやったようなもんだからナシでも納得だったけどよ。今回はほぼ一人で三匹倒してるんだしな。いやー、これはついにガキんちょも証持ちかぁ？」

ウェインが受付のカウンターにケツをもたれさせて、ニヤニヤ笑いで言ってくる。

コイツらがこんな朝早くから、依頼を請けるわけでもないのに受付へ来た理由はそれか。本当に余計なことばかりだ。

どうせ、めでたいことだから祝ってやろう、なんて素直で殊勝な奴らではない。ではなぜ、わざわざ三人で集まっているのか。それはコイツらがバカで性格が悪いからに他ならなかった。

「仲違いから勝手な行動をして、危うく全滅しそうだったんだろう？　ゴブリン討伐依頼を真っ当に完遂できる実力があると判断することはできん。まだ店証を渡すつもりはない」

「えー、ケチー！」

「横暴」

「はぁ？　くれてやってもいいだろ店証くらい」

口々に文句を言ってくるが、お前ら丸々同じことを言ってあの坊主をからかうつもりだったんだろうが。

「おはよう、なに話してるの？」

声をかけられる。声変わり前の少年の声。視線を向ければ、もう朝食を食べ終わったのか、話題の小さな姿がそこにあった。

槍と薬草採取用のカゴを背負い、ハーフリングの革鎧を着て、剣傷の入った鉢金を額に巻いた少年。あの腰抜けムジナが目をかけた新人冒険者。

「おはようございますー。なんだか楽しそうですねー」

「朝から元気なことね。仕事の話をしているのでなければ、お先に受付してもらってよろしいかしら？」

その横にはやはり話題だった脳天気そうな治癒術士と、勝ち気そうな目をした魔術士。神官の家系イズスと海塩ギルドの長マグナーンの孫娘。

「おはようチビ。聞いてよ、バルクの奴がさぁ」

「ケツの穴が小さい」

「ガキんちょ怒っていいぞ。絶対に手続き面倒くさがってるだけだって」

さらにこのバカ三人もいて。……なんだか、コイツの周りは目眩いがするほどクセのあるメンツばかりだな、と辟易する。

——ああいや、クセがあるといえば、一番は腰抜けムジナになるのだろうか。だとしたらもう仕方ないな。おそらく運命というものだ。

「ただの無駄話だ。コイツらのことは放っておいていい。今日も薬草採取か？」

バカどもを押しやってそう問えば、少年は明るい笑顔で頷く。

「うん。行ってきます！」

眩しさすら感じさせる、屈託のない顔で。

あとがき

子供の頃はボーイスカウトをやっていましたので、野草採取の経験はけっこうあったりします。天ぷらにして食べると野草の苦みがやわらいで美味しいんですよねー。ところでみなさんは闇鍋ってやったことありますか？　山菜大好きＫＡＭＥです！

さてさてみなさまは小説を読むのが好きな子供、といえばだいたいインドアが好きというイメージを持つのではないでしょうか。

私もその例に漏れず出不精な子供だったものでして、できれば休日は外になんて出たくない、ゴロゴロとベッドに横になって日がな一日好きな本を読んでいたい、などと思っていました。もともと運動が得意な方ではなかったので、体力のいるボーイスカウトの活動はそんなに好きでやっていたわけではありませんでしたね。

ただこうして小説家として冒険者を書くにあたり、そうしたアウトドアな活動をしていた子供のこ

I cheated my age because the Adventurer's Guild only allowed entry from twelve.

ろの経験を思い出してネタを出すことも多いものですから、人生は本当になにが役に立つか分からないなと感じます。しかも人間の頭は都合がいいことに、周りと比べて体力がなくてヒィヒィ言いながら仲間の後ろを必死について行ったツラく苦しく情けない記憶などは綺麗に選り分けて、なんならあの頃もけっこう楽しかったよな、などと振り返れるのですから不思議なものですよ。

まあインドア派とは言いつつもいざ外に出てしまえば楽しめるお得な性格だったので、楽しかった記憶も本当にあります。山登りとか、野草採取とか、キャンプとか、いろんなことをやったなぁと過去を懐かしんでは、またいつかあの自然豊かな場所の濃い空気を胸いっぱいに吸いに行きたいな、などと思ってしまうくらいにはかつての自分もアウトドアに馴染めていたのかもしれませんね。

——ただし、これだけは言わせて下さい。山登りは履き慣れた動きやすい靴で行こうな。

というわけで、「冒険者ギルドが十二歳からしか入れなかったので、サバよみました。2」いかがでしたでしょうか。

本作は『小説家になろう』という小説投稿サイトにて掲載されている作品を加筆修正を経て書籍化したものなのですが、今回はその加筆修正の部分をかなり大幅にさせていただきました。『小説家になろう』投稿時は勢いを優先していた部分もありましたので、二巻の発売に伴いこの話を本当の意味で完成させよう、と改めて自作と向き合い書くことができたのは、自分にとって非常にいい経験になったと思います。

きっとｗｅｂ版ですでに読んでいただいていた方も発見のある、新しい感覚で楽しめる巻にできたのではないでしょうか。そうだったらいいな、と願っています。

――さて、少し宣伝を。

この二巻が出るのと同時に告知という形になっていると思いますが、なんと本作品のコミカライズ企画が進行中です！

いやあ、私自身が漫画大好きなので凄く驚いていますが、夢じゃありません。お話をいただいたときは、まさかこんな日が来るとはと呆然としてしまいました。

コミカライズにてキリたちの冒険がどう描かれるのか、私自身が今から楽しみにしています。

どうか小説と同様に漫画版も、ぜひぜひ応援よろしくお願いしますね。

最後になりましたが、二巻を出すのに尽力していただいた編集の和田氏。一巻に引き続き素晴らしいイラストを描き上げてくださったｏｘ先生。そしてこの本を手に取っていただいた全ての方々に感謝を。本当にありがとうございます。これからも精一杯書いていきますので、どうかよろしくお願いします。

GC NOVELS

冒険者ギルドが十二歳からしか入れなかったので、サバよみました。②

2023年7月8日　初版発行

著者　KAME
イラスト　ox

発行人　子安喜美子
編集　和田悠利
装丁　AFTERGLOW
印刷所　株式会社エデュプレス
発行　株式会社マイクロマガジン社
URL:https://micromagazine.co.jp/

〒104-0041
東京都中央区新富1-3-7　ヨドコウビル
TEL 03-3206-1641 FAX 03-3551-1208(販売部)
TEL 03-3551-9563 FAX 03-3551-9565(編集部)

ISBN978-4-86716-442-6 C0093

本書は小説投稿サイト「小説家になろう」(https://syosetu.com/)に掲載されていたものを、加筆の上書籍化したものです。

ファンレター、作品のご感想をお待ちしています！

宛先　〒104-0041 東京都中央区新富1-3-7 ヨドコウビル
株式会社マイクロマガジン社
GCノベルズ編集部「KAME先生」係「ox先生」係

アンケートのお願い

二次元コードまたはURL(https://micromagazine.co.jp/me/)をご利用の上本書に関するアンケートにご協力ください。

■ご協力いただいた方全員に、書き下ろし特典をプレゼント!
■スマートフォンにも対応しています（一部対応していない機種もあります）。
■サイトへのアクセス、登録・メール送信の際にかかる通信費はご負担ください。

乙女ゲー世界はモブに厳しい世界です
12
三嶋与夢
イラスト／孟達
リオンに暗殺指令!?
7月31日発売
B6判／定価:1,320円（本体1,200円＋税10%）

あの乙女ゲーは俺たちに厳しい世界です
02
政略結婚をブチ壊せ！
三嶋与夢
イラスト／悠井もげ
キャラクター原案／孟達
7月31日発売
B6判／定価:1,320円（本体1,200円＋税10%）